Doris Lessing

解构的世界

——多丽丝·莱辛小说研究

朱海棠 ◎ 著

哈尔滨出版社
HARBIN PUBLISHING HOUSE

图书在版编目（CIP）数据

解构的世界：多丽丝·莱辛小说研究 / 朱海棠著
. —— 哈尔滨 ：哈尔滨出版社，2022.6
ISBN 978-7-5484-6571-3

Ⅰ．①解… Ⅱ．①朱… Ⅲ．①多丽丝·莱辛－小说研
究 Ⅳ．①I561.074

中国版本图书馆CIP数据核字(2022)第102237号

书　　名：解构的世界——多丽丝·莱辛小说研究
JIEGOU DE SHIJIE——DUOLISI·LAIXIN XIAOSHUO YANJIU

作　　者：朱海棠　著
责任编辑：韩金华
封面设计：徐占博

出版发行：哈尔滨出版社（Harbin Publishing House）
社　　址：哈尔滨市香坊区泰山路82-9 号　　邮编：150090
经　　销：全国新华书店
印　　刷：三河市明华印务有限公司
网　　址：www.hrbcbs.com
E-mail：hrbcbs@yeah.net
编辑版权热线：（0451）87900271　87900272
销售热线：（0451）87900202　87900203

开　　本：787mm×1092mm　　1/16　　印张：12　　字数：144 千字
版　　次：2022 年6 月第1 版
印　　次：2022 年6 月第1 次印刷
书　　号：ISBN 978-7-5484-6571-3
定　　价：72.00 元

凡购本社图书发现印装错误，请与本社印制部联系调换。
服务热线：（0451）87900279

前　言

多丽丝·莱辛（Doris Lessing，1919—2013）是二战以后英国杰出的女作家。她以开阔的视野、敏锐的洞察力和犀利的笔触审视、记录了20世纪社会的多变。目前虽然学界关于这位作家及其创作的研究已经取得了一定的成就，但是相对而言，从整体上把握莱辛小说的思想倾向还有很大的发掘空间，主要表现在：一、研究对象集中在《金色笔记》而且着重阐释作品的独特结构，显得不够全面；二、研究视野狭窄，视点单一并缺乏系统性，基本局限在其对种族和女性的研究上，还有很多研究领域有待深入；三、研究方法不够多样。鉴于此，本书以后现代主义理论、解构思想等研究方法为主，力求涵盖她不同时期的创作，在文本细读的基础上探讨莱辛小说中的解构思想和对立统一的辩证方式。

尽管莱辛的创作无论在风格上还是题材上都涵盖极广，并且在各个创作时期都体现出不同的特点，但有一点是相同的：莱辛的作品无时无刻不体现着对人本身的思考。本书的研究思路为，根据莱辛作品的解构特色把研究分为三个方面：对人的解构、对权力关系的解构和对文本的解构，揭示莱辛如何在小说中解构二元对立的思想及对现代性的反思。在具体操作上，本书分别研究：第1章，莱辛作品中对人的解构，探讨她如何通过消解二元对立的方式指出现代社会所面临的危机；第2章，莱辛小说中对各种权力关系的解构，分析其故事如何揭示了文化的分裂，质疑科学的无所不能；第3章，莱辛小说中的文本，分析通过互文、隐喻等方式解构传统叙事话语的中心指涉性和意义的确定性，打碎了宏大叙事的神话。各章具体内容概述如下：

第1章，"对人的解构"。本章涉及五个大的方面，即对种族关系的解构、对男女关系的解构、对人神关系的解构、对人际关系的解构及对人与动物关系的解构。莱辛小说中对种族关系的解构消解了黑白两种族的二元对立，传统的白人中心消失后并没有出现取而代之的黑人中心。因此黑人和白人是平等的，任何一方都不能夺取另一方的自由和自主，德里达在消解二元对立时采取的不确定策略在这里得到了体现。在莱辛看来，任何撇开白人或者黑人的单纯解放都是不可能成功的。我们需要改变的是整个时代，需要整个人类的互相帮助。对男女关系的解构表明作者不是为了纯粹追求建构女性话语从而走向另一种极端，实现新的二元对立，而是希望通过女性的自觉实现两性在精神与社会生活中彼此依赖、相互融合、达到"双性同体"的理想状态。对人神关系的解构中，作者通过地球的过去与现在的变化反思人类理性带来的文明，以及这种文明给人类带来的最终命运。但是作者的意图并不是让人类处于一种没有信仰的精神荒芜的境地中，也不是过度地凸显理性的力量，而是让人类对上帝的信仰由外而内地转到对个人内在生命力量——爱的礼赞上，用爱推动人类前行。因此，莱辛在解构以上帝为中心的人类信仰的同时，也解构了以理性为中心的人类信念，将上帝和理性这两个原点彻底颠覆，礼赞人类爱的伟大力量。在对人际关系的解构中，莱辛利用虚幻想象和现实描写两种创作手法，着力凸显差异的地位从而解构"自我"与"他者"的二元对立，消解文化的总体性。最后莱辛通过人与猫的关系的隐喻，解构了人类是万物主体的传统价值观。由尊重人与人、地区、种族、国家间差异延伸到自然万物间的彼此尊重，以实现人与自然的和谐发展，表明只有彼此尊重，人类社会的延续和发展才能得到保证。

第2章，"对权力关系的解构"。在对现代性进行批判的同时，莱辛表达出对社会、知识、既定规则和主体性产生的质疑。本章围绕"家庭成员之间的权力关系""婚姻之间的权力关系""有知识和无知识的人之间的权力关系"三个方面对莱辛的小说进行分析。一般而言，和谐家庭中的父母与子女双方应该是和谐而融洽的，莱辛的作品中这种关系却体现出维护与消解的双重意味。莱辛通过家庭中权力循环往复被消解的过程，以讽刺的方式表达出权力本是由人创造出的，但是权力反过来也对人类与生俱来的原始和生机勃勃的力量进行遏制和消灭，造成了人性的异化和扭曲。解构的目的在于关怀人类存在的终极意义，探讨文化的整体性如何被消解和现代性的复杂性。

第3章，"对文本的解构"。通过对莱辛科幻小说中互文、隐喻和零度写作创作手法的分析，揭示作者打破文本与文本之间的界限，表明文学或文本的"言辞中心主义"（逻各斯中心主义）已不复存在的意图，使得文本的意义并不指涉客观的存在，而是一种修辞，具有解构自身的能力，文本的意义总是处在不断的张合之中，消解了文本意义的确定性。互文性、隐喻、零度写作等艺术手法的运用使小说呈现出多义和开放的特征，并模糊了幻想和现实之间的界限，从而生动地表现了作者希望表现的主题，即人类文明的不确定性和无意义。

目　录

绪　论

0.1 莱辛小说的创作特色与价值

0.1.1 莱辛小说创作发展历程

多丽丝·莱辛，20世纪英国文坛一颗耀眼的明星，被公认为继弗吉尼亚·伍尔夫之后英国当代最著名的女作家。自1950年以来的半个多世纪，莱辛在长篇及短篇小说、诗歌、剧本、散文、纪实文学、评论、传记等多种文学形式的创作上均取得辉煌的成就，特别是长、短篇小说创作，为她赢得了欧洲和英语小说界的几乎所有文学奖项。2007年10月11日，瑞典文学院授予莱辛2007年度诺贝尔文学奖，为她即将到来的八十八岁生日，献上了一份特殊的贺礼。

多丽丝·莱辛1919年10月22日生于伊朗的一个英国家庭。父亲阿尔弗雷德·库克·泰勒曾是在银行工作的一位职员，后来参加了一战，负伤失去了一条腿，母亲艾米利·默德·麦克维是一名护士。5岁时莱辛跟着全家（包括后来出生的弟弟）迁居非洲南罗得西亚（现津巴布韦）。由于父母重男轻女，加上家境的贫寒及战争中受伤的父亲，童年时代的莱辛感受最多的是孤独与恐惧，这深深影响了她的世界观。由于眼疾，莱辛过早地辍学，在这片土地上做过保姆、电话接线员、护士、律师和秘书等工作，也曾满怀热情地加入共产主义组织，曾经有过狂热但很快破灭的政治狂想，还经历过两次婚姻，但均告失败的结果让她对婚姻彻底失望，从此孑然一身。童年时代的痛苦、过早接触社会的曲折经历及非洲复杂的社会关系，磨炼了莱辛坚毅的品质和对社会的敏锐洞察力，并引发她对人类社会各活动领域的各种矛盾的思索，为她日后的文学创作特别是小说创作提供了广泛题材和重要素材。

莱辛的小说创作可以划分为四个发展阶段：

0.1.1.1 初期小说创作（20世纪50年代）

1950年，莱辛凭借处女作长篇小说《野草在歌唱》，在英国文坛崭露头角。全文以非洲的现实生活状态为背景，从玛丽（白人）被谋杀的一则新闻报道开始，运用倒叙的形式回顾了玛丽贫苦的童年，盲目的婚姻，与男佣摩西（黑人）的暧昧关系，直到最后被男佣摩西用刀捅死的悲惨一生，展现了白人殖民主义和种族隔离制度下黑人与白人的激烈冲突。评论界将它与艾略特的作品相媲美，甚至认为比起劳伦斯的《查泰莱夫人的情人》也毫不逊色。

初战告捷后，莱辛以平均每年一部的速度接连推出《这是老酋长的国度》（1951）、《玛莎·奎斯特》（1952）、《短篇小说五篇》（1953）、《良缘》（1954）、《重返故乡》（1957）、《爱的习惯》（1957）和《风暴的余波》（1958）等多部作品，同样大获好评。《短篇小说五篇》让莱辛首次获得了文学上的奖项——毛姆文学奖，内含17个短篇的小说集《爱的习惯》还受到评论家帕默拉·约翰逊的极高赞誉："由于这些总题名为《爱的习惯》的短篇小说，我对莱辛是英格兰所有男女作家中最出类拔萃者之一深信不疑。"[1]

---

[1] Hunter Jeffrey W. Hontemporary Literary Criticism[J]. Michigan:Gale Research Company，1988（22）:277—278.

0.1.1.2 中前期小说创作（20世纪60年代至70年代末）

1962年，莱辛出版长篇小说《金色笔记》，闻名于世界文坛，该著作被推崇为莱辛的经典之作。瑞典文学院称之为"20世纪描写两性关系的开拓型著作之一"，多萝西·布鲁斯特更为干脆地指出："自她的《金色笔记》和《暴力的儿女们》发表以后，相比之下，其他当代女作家就显得十分苍白了。"①

除了《金色笔记》，在这一时期，莱辛还创作出《非洲故事集》《特别的猫》《被陆地围住的》《四门城》《一个未婚男人的故事》、《黑暗前的夏天》等作品，同样取得了巨大的成功。其作品被美国《时代》周刊称赞为"有独到见解和无疵可挑的艺术家的杰作"，埃德尔斯坦则指出，一部《非洲故事集》就能将莱辛算作当下最重要的小说家。

《金色笔记》不仅是莱辛的成名作，同时也是她的小说创作视角和写作手法实现第一次转向的标志。

创作视角方面，以《野草在歌唱》为代表的早期小说创作，试图通过故事主人公玛丽从城市到乡村的经历，展现英属非洲殖民地错综复杂的种族关系及不平的种族政策带来的种种令人发指的行为，侧重反映个人生存的外部环境。但在以《金色笔记》为代表的这一时期小说创作中，莱辛的视角又转入小说女性主人公的内心，着重表现女性在面对婚姻、性爱等各种社会关系时表现出的焦虑、矛盾等心理困扰和精神压力，侧重关注个人的内心生存空间。

写作手法方面，莱辛《金色笔记》之前的小说更多是按照时间顺序和全知的叙事方式创作，以保证小说故事的完整、流畅和文章结构层次的整齐与清晰，遵循的是现实主义写作手法。《金色笔记》却故意打破

---

① Gale Group. Contemporary Authors[M]. Michigan:Gale Research Company，1988Vol22:509.

小说叙事的完整性与层次性，把以"自由女性"命名的故事分成五个部分，对应插入五个笔记：其中黑色笔记记录了安娜早年在非洲的经历；红色笔记是其经历的政治生活；黄色则是安娜根据自己的生活经历创作的一个爱情故事。蓝色是安娜的日记，记录其精神危机的轨迹。最后的金色笔记是点题的总结，其中内容相互交叉，时而呼应、时而冲突，更接近追求结构无规则的现代主义写作手法。创作手法的改变，显示莱辛能够纯熟运用不同写作手法的超强能力，"总而言之，它的写作技巧是出类拔萃的，而正是这种写作技巧本身，使多丽丝·莱辛跻身于当代英国妇女小说家的前列。"[①]

0.1.1.3 中后期小说创作（20世纪70年代末至80年代初）

这一创作阶段被称为莱辛的"科幻小说创作阶段"。1979—1983年，莱辛接连推出《什卡斯塔》（1979）、《第三、四、五区域间的联姻》（1980）、《天狼星人的实验》（1981）、《第八行星代表的产生》（1982）和《有关驻沃利恩帝国感情用事的联络员的文件》（1983）五部科幻小说，统称为《南船座老人星：档案》科幻五部曲。

在这一创作阶段，莱辛的小说创作视角和写作手法实现第二次转向。

在创作视角方面，莱辛初期和中前期的小说创作完成了以非洲英属殖民地为背景、侧重反映个人生存的外部环境到以男性为中心的西方社会为背景、侧重关注女性内心情感空间的转变。在这一阶段，莱辛将背景扩展为外太空、宇宙银河系，质疑作为整体的人类生存的现实状态。

在写作手法方面，初期和中前期的小说创作完成了由现实主义写作手法到现代主义写作手法的转向。在这一阶段，莱辛侧重利用象征、

---

① [英]多丽丝·莱辛.金色笔记[M].陈才宇，刘新民，译.南京：译林出版社，2000:1.

互文、隐喻等后现代主义写作手法，夸张甚至扭曲地表现一些幻想中的事件。

《南船座老人星：档案》科幻五部曲的故事，围绕银河系中三个庞大的太空帝国自上古世纪以来对罗汉达进行掠夺与奴役的线索展开。通过记叙三大帝国对什卡斯塔星球的征服与殖民，来展现罗汉达人所遭受的种种痛苦与灾难，并逐渐走向灭绝的悲惨过程。

工业技术高度发达的天狼星、自称由聪颖睿智族人构成的老人星和由"低级太空海盗"组成的沙马特星势力强大，对邻居什卡斯塔星始终虎视眈眈，垂涎已久，不断地干涉什卡斯塔的内部事务。最终天狼星占据了什卡斯塔的南半部，在那里把什卡斯塔人当作"动物"进行农业、遗传学诸方面的实验，同时改造什卡斯塔的社会结构；老人星占据了什卡斯塔的北半部，在那里按照自己的种族优劣论对什卡斯塔实施移植"优良人种"的生育工程及教育工程；至于未能侵占到领土的沙马特星，则通过不断进行各种海盗式的骚扰与抢劫以满足自己的私欲，同样给什卡斯塔人带来深重灾难。

小说中，什卡斯塔即地球的隐喻，莱辛通过假想的银河系中各行星间的关系，暗示地球上各国家、各地区存在错综复杂矛盾的现实状况。

0.1.1.4 后期小说创作（20世纪80年代中至今）

莱辛在小说创作中的创作转向，尽管显示出不断创新的艺术生命力和灵活运用各种创作手法的高超技能，但她的科幻小说并没有像往常一样受到评论家的青睐。美国著名文学评论家哈罗德·布鲁姆就认为莱辛在这个阶段创作的科幻小说和以往作品相比，只能算是四流水平。

面对有些失望的读者，从1983年起，莱辛将小说创作的背景转回地球上真实的人类生活，重新用传统的写作手法连续发表了《好邻居日记》（1983）、《假如老人能够……》（1984）（合编为《简·萨默斯的日记》）、《好恐怖分子》（1984）、《第五个孩子》（1988）、《玛拉和丹恩历险记》（1999）、《再次、相爱》、《最甜蜜的梦》（2001）、《裂痕》（2007）等作品，探索人类固有的生存规则。完成了小说创作切入点和写作手法的第三次转向。

其中，《第五个孩子》堪称莱辛本阶段小说创作的代表作。故事围绕一个"怪胎"给家庭和社会造成的恐慌展开。

一对年轻夫妇大卫和海蕊想生许多孩子——"至少生六个"。但第五个孩子的降临，却给他们带来意想不到的恐慌。他们发现这个取名为"班"的孩子与其他四个兄姐迥然不同。在娘胎里这孩子就很不安分，让母亲海蕊苦不堪言，出生后又食量惊人，常把母亲的乳房咬得青一块，紫一块。他的破坏性极大，还不到半岁就开始在家里伤害他人，甚至在一岁时杀死了一条他讨厌的小狗。上学以后，班更加放肆，逃学惹事，顽皮捣蛋，还时常把大帮"不入流"的孩子邀聚家中大吃大喝，把一个好端端的家搞得乌烟瘴气，不得安宁。班的恶劣行径让人们觉得他像个野兽，大卫甚至否认班是他的亲生儿子，提出"要么他走（送孤儿院或动物园），要么我们走"，只有海蕊和大夫才认为班是正常人。小说以一种开放的形式结尾，没有交代班的归宿，也没有给班定下基调，留给读者充分的想象空间和评价权利：不断与固定的社会秩序发生冲突的班，究竟是不是人类，而他究竟该何去何从？

综上所述，多丽丝·莱辛自1950年发表首部小说以来，笔耕不辍，著作等身，并根据时代潮流和自己创作观念的变化，在小说创作生涯中进行了三次重大转向。

在写作手法方面，经历了由按照时间顺序和全知叙事方式的现实主义写作、结构无规则的现代主义写作，和利用象征、隐喻等后现代主义写作的彼此借鉴、相互融合的过程。

在创作视角方面，完成了由以非洲英属殖民地为背景；反映个人生存的外部环境到以男性为中心的西方社会为背景；关注女性内心生存空间到以外太空、宇宙银河系为背景；质疑作为整体的人类生存的现实状态再到以地球真实、人类生活为背景；探索人类基本生存规则的螺旋式回归，同样，这种创作视角的过渡也并不是截然分开，而是交叉融合的。

0.1.2 莱辛小说的解构主义特色

多丽丝·莱辛特殊的生长环境和复杂的社会经历培养了她对社会生活的敏感，并引发她对人类社会活动各领域内各种对立矛盾的强烈不满。因此，她创作的小说始终贯穿一种解构现实中各种既定关系（逻各斯中心主义）的笔调。

随全家迁居南罗得西亚后，殖民者的霸权行为与当地黑人的凄惨生活形成的鲜明对比，莱辛深深感受到了殖民的罪恶。因此，她的早期作品几乎都以非洲为背景，以后的创作也多次涉及这一主题。通过大胆地描述黑人的人格品质和白人殖民者的罪恶行径，她同时也客观地表达出在种族主义严重的非洲，同样存在生活贫困的白人家庭，并力图通过错综复杂关系的呈现解构种族优劣论中白人与黑人的二元对立。

母亲重男轻女的思想给童年时代的莱辛留下刻骨铭心的孤独，以至于她自称是一个总是对爱感到饥渴的孩子。闯荡英国后，面对英国森严的等级制度和男性掌握话语霸权的现实，莱辛感到女性在现实中经历着外在权力压迫和内心孤独挣扎的双重煎熬，一种敢怒不敢言的心理状态让女性在约定俗成的，以男性为中心的等级社会中处于失语状态。因此，在她小说创作的第二个阶段，故事背景、写作手法和叙述视角都转到了女性内心，试图通过这种剖析解构20世纪中叶西方社会思想和精神领域的，以阳物为中心的男人与女人的二元对立。

由于父亲曾经参加一战并失去了一条腿，因此，战争给这个家庭带来无法弥补的创伤，也给莱辛的童年生活留下无法抹掉的阴影。在莱辛小说创作的第三阶段，关注人类命运成为她创作的主题。莱辛试图以一种幻想的方式、以虚构的各种存在之间的冲突与矛盾来质疑人类社会目前的生存状态，并在第四个创作阶段以回归现实主义创作的方式总结包容了在前三个创作阶段提出的种族、两性等各种矛盾对立，探索出由人与人延伸出的人与上帝、人与社会、人与自然万物相处都应该遵循的基本规则——尊重生命、尊重差异，以达到和谐状态，从而解构了目前人类社会中约定俗成的、固有的生存方式和生活习惯，实现解构策略的螺旋式回归。

0.1.3 莱辛小说的当代意义与价值

如前所述，莱辛小说的创作手法经历了，由按照时间顺序和全知叙事方式的现实主义写作、结构无规则的现代主义写作和利用象征、隐喻的后现代主义写作的彼此借鉴、相互融合的过程，也因此被贴上了不同类型的标签，但她的小说题材始终没有离开人类社会的种族关系、两性关系、世界秩序、自然灾害、战争威胁、太空时代、世界末日等各生存层面，这也是她后来被誉为"我们时代伟大的现实主义作家"的重要原因。

纵观莱辛小说创作的三次转型，尽管作者在各个阶段都试图通过反映个人生存的外部环境；关注女性内心生存空间；质疑作为整体的人类生存的现实状态这些不同的视角解构人类认识和生存的各个领域的种族关系、两性关系及世界秩序，从而呈现出一种冷酷无情的犀利批判。正如瑞典文学院授予莱辛诺贝尔文学奖的授奖理由："她是女性经验的史诗作者，用怀疑主义、炽烈的激情和预言的力量，凝神审视被割裂的文明。"①但她并没有让自己仅仅停留在解构的层面，事实上，在她四个创作阶段的每部小说中都蕴藏着对人类生活各种关系和生存秩序的重构意愿，特别是在她的小说的后期创作阶段，实现了以地球真实、人类生活为背景探索人类固有生存规则的螺旋式回归，实际上也完成了由反映→关注→质疑后的探索重建。

因此，莱辛小说的当代意义与价值，在于她不仅是个作家，还是评论家和预言家，她对于现代的种种社会弊病做了细致入微的分析，并预言了随之出现的灾难性后果。同时，她也试图找出解决世界上人类种种问题的可行办法。

0.2 文献综述

0.2.1 国外研究综述

国外对莱辛的研究相对起步较早，在1971年美国现代语言学会（MLA）的年会上已经有专题研讨会讨论她的作品。1976年出现了第一部以莱辛的作品为研究内容的博士论文。1975年狄·斯陵民创办了多丽丝·莱辛专刊，20世纪70年代末，在美国已经有35篇博士论文研讨她的作品。据互联网资料表明，仅在北美地区就有75篇关于莱辛的博士论文，有关她的硕士论文更是数不胜数（截至2010年）。英美学界对莱辛作品的研究也经历了从单一到丰富、从零散到系统的逐渐深化的过程。20世纪90年代达到了一个研究莱辛作品的高潮。至今她的作品仍然吸引许多学者参与研究和讨论。

多萝西·布鲁斯特（Dorothy Brewstor）就是最早对莱辛的小说创作及《金色笔记》的丰富思想内涵与艺术特色进行探索的评论者。她的

①[英]多丽丝·莱辛.又来了，爱情[M].瞿世镜，杨晴，译.上海:上海译文出版社，2007:1.

《多丽丝·莱辛》（Doris Lessing，1965）是关于莱辛的最早的一部评传，代表了早期莱辛研究的成就。书中以《金色笔记》为例，提出莱辛在其作品中涉及政治、女性主义、性等不同领域的问题，但是并没有给出解答。这本书是莱辛研究史上的重要作品。1969年保罗·施吕特（Paul Schlueter）出版了专著《多丽丝·莱辛的小说》（The Novels of Doris Lessing，1969），其中作家从自我认知的角度对小说的主人公进行了分析。布鲁斯特和施吕特是20世纪60年代莱辛研究领域最具代表性的人物，在人们以意识形态色彩简单分析作品内涵与价值的时候，这两位评论者能够将作品置于文学传统的体系中予以观照，展开文本细读，对其中的经验意识与艺术层面进行解读，为之后研究莱辛的学者打开了思路。虽然早期的研究对于莱辛作品的认识尚不能脱离文本表层内容的解释和呈现，但评论家已经意识到作品中包含的政治、历史、社会思潮及技术价值之间的微妙关系与冲突，这些关系与冲突在后来的研究中受到进一步的关注。

20世纪70到90年代，是多丽丝·莱辛研究史上的一个重要时期，莱辛和她的作品越来越广泛地受到批评界的关注，对莱辛作品的剖析也渐入佳境。各类研究专著、文集和论文的数量急剧增加，研究者们的研究方法、研究视角得到大大开拓，所采用的批评理论则呈现出多元化和丰富性。学界对莱辛作品的批评解读各不相同，展开了广泛的讨论。学者们各自的观点之间存在的认识分歧与差异，一般集中在以下几个方面：第一，作品的文学价值与意识形态色彩之间的关系，作品的意识形态色彩是否高于其艺术价值；第二，是对作家创作及莱辛作品在审美价值与思想意义价值上究竟如何分高下的不同判断；最后，她的作品是否存在确定的，固有的女性主义命题，是否属于女性主义作品的范畴。

琼·皮克林（Jean Pickering）在《理解多丽丝·莱辛》

（Understanding Doris Lessing，1990）中，对小说中关于经验与艺术之间关系的思考予以分析，认为莱辛小说是关于艺术的本质及艺术与经验之间的联系的最为复杂的表述。当代女作家玛格丽特·德拉布尔（Margaret Drabble）认为莱辛的小说《野草在歌唱》和《金色笔记》的主题主要是妇女解放问题。伊丽莎白·哈德维克（Elizabeth Hardwick）在为《纽约时报》写的评论中认为：多丽丝·莱辛的作品在整整一代妇女的观念与情感上都留下了印记。也有其他众多评论家指出，其作品表现了妇女在男性社会中难以逃离"一切由男人来主导控制的利己主义和自我满足的规则"。如《金色笔记》对女性生活与心理的大量细致描写，引发人们对当代女性生存中的"自由"与"困境"的思考。同时也有一些评论家从传统文化、心理、父权制文化环境入手，指出所谓"自由女性"的悖论，妇女作家的充满讽刺的"自由"写作与生活。持此论点的还有肖安·斯潘塞（Shoran Spencer）的《"妇女特质"与女性作家：多丽丝·莱辛的〈金色笔记〉》（"Femininity" and the Woman Writer: Doris Lessing 'the Golden Notebook'），埃拉因·安特尔·拉平（E-layne Antler Rapping）的《不自由的女性：多丽丝·莱辛小说中的女性主义》（Unfree woman: Feminism in Doris Lessing's Novels）等。这些批评者从作品内容入手，或者通过分析小说中主人公的形象来提炼作者的女性主义思想；或用女性主义批评去解释作品的主题和深度意蕴，在内容与理论上做出双向的互证与阐释。重视理论的运用与科学、系统的分析论述，这也是多丽丝·莱辛研究在20世纪70年代后逐步呈现出来的一种倾向。

有些评论家认为，莱辛的创作一直有强烈的社会责任感，有较强的自传色彩、历史意识和浓厚的意识形态色彩，而其艺术性与审美表现力则相对薄弱。詹姆斯·金德林（James Gindin）认为多丽丝·莱辛是一位"倡导直接参与政治运动，捍卫她所支持的共产主义"的作家，但是她的大多数作品缺乏一种多样意识，一种喜剧感，对于人类经验中无法进行分类并予以明确定位的内容缺乏观照，缺乏一种人类的与社会的深度。"这暗示着莱辛小说中美学不足的缺陷"。甚至，包括哈罗德·布鲁姆在内的一些批评家都认为，多丽丝·莱辛的创作都存在着审美经验不足、美学价值不足的遗憾。

对于莱辛小说的结构研究最初也是一个盲点。如弗莱德艾里克·R.卡尔（Frederick R. Karl）在《60年代的多丽丝·莱辛：对忧郁的新剖析》（Doris Lessing in the sixties: The New Anatomy of Melancholy，1972）中就提出："《金色笔记》是一部结构严谨但却冗长、几乎是有些笨拙的小说，如果单从美学上来评析它，我们将可能失去这部作品的分量所在。这部小说的力量不在于构成作品叙述的几部笔记的安排，也不在于作品中的纯文学写作的质量，而是在于作品中体现出的莱辛女士的广博兴趣，特别是她试图诚实地写作妇女生活的尝试。"卡尔的观点固有偏颇，却代表了一段时期以来评论家对这部作品价值的认识，对于作品主题内容的关注与重视在一定时期内是高于对作品形式的研究发掘的。

对莱辛作品形式的研究真正形成热点并从大量的主题、形象、心理学、宗教研究中跳脱出来，形成具有一定学术水准的系统性批评，是从20世纪80年代开始的。这些评论者往往采用叙事学、元小说理论、超小说理论来分析，比如卡里·弗罗里（Caryn Fuoroli）的《多丽丝·莱辛的"游戏"：参照语言与虚构形式》（Doris Lessing's "Game", Referential Language and Fictional Form），罗伯特·阿莱特（Robert Arlett）的《辩证的叙事诗：布莱希特和莱辛》（The dialectical Epic: Brecht and Lessing），等等。形式研究注重对于作品结构、叙述方式、艺术技巧及象征、隐喻的探索，并将之与相应的内容联系，力求寻找主题内涵与艺术形式的契合点。克莱尔·斯普拉格（Claire Sprague）对多丽丝·莱辛小说中惯常使用的"重复"（repetition）、"双重对应"（doubling）的叙述技巧进行分析，注重莱辛的不同作品中相似人物的重复出现，同一作品中具有相似性格特征的人物的复现，不同人物之间的复杂关系，以及"双重对应"在莱辛的作品中所表现出的叙述上的重复。罗伯塔·鲁本斯坦（Roberta Rubenstein）则从人物的思想意识与小说艺术形式技巧之间的紧密联系，注意到了莱辛将作品中主人公的思想和精神意识的变化与具体的艺术形式相联系，把文本的结构、组织、叙述技巧作为人的思想意识的投射。

进入21世纪后，英美学界对于多丽丝·莱辛的研究有所减少，评传、论著、文章在数量上均有明显的消退趋势，但是，学界研究者在评论态度上却渐趋稳健和纯熟。凯瑟琳·菲什伯恩（Katherine Fishburn）的《词语中的世界：元小说家多丽丝·莱辛》（World in the Words: Doris Lessing as Meta-fictionist），丹尼斯·波特（Dennis Porter）的《〈金色笔记〉：现实主义与失败》（The Realism and Failure in the Golden Notebook，2003），塞姆拉·萨拉奇奥卢（Semra Saracoglu）的《"无形式"中的新"形式"：多丽丝·莱辛的〈金色笔记〉》（A New Form of Derived out of "Formlessness" in Doris Lessing's the Golden Notebook，2006）都是从莱辛小说形式、主题等研究领域对小说的继续探索。塔帕.K.高希（Tapan K. Ghosh）编撰出版的《〈金色笔记〉研究》（The Golden Notebook-A Critical Study，2006）是对《金色笔记》进行单独研究的评论集，是当下《金色笔记》研究中非常重要的一本著作。

综上所述，英美学界对莱辛的研究，在不同时间段上显示出不同的变化，大致形成了一条从起点到最高点再渐趋平缓的具有明显起伏特征的曲线。同时，由于受到不同时期文学思潮和各种理论的影响，各阶段的研究重点、批评方法和切入视角也有差异。20世纪70年代前的研究多是对于文本内容的一般性、总体性分析，方式方法上更具传统文学批评的基本特征。20世纪70年代后，随着形式主义、解构主义、女性主义、心理学研究等各种思潮、学说在欧洲的普及、影响日渐扩大，文学研究转向一种科学性的理论阐释，研究者在批评方法上产生了深刻变化，评论家们开始自觉运用、借鉴各种理论和学说，对莱辛的研究也开始走向理论化、系统化和深入化。这也折射出晚近以来英美批评的一种转向，即从一种印象主义的评论转向对于某种批评方法论与理论的自觉运用，注重批评的系统与科学，理论批评与文学研究呈现出互为影响、相互映衬的局面。虽然，各位批评家在方法、视角、侧重点上不尽相同，但都显示出一种尽可能向作家、作品的思想内涵与艺术价值贴近并不断向深处挖掘的趋势，都在某种程度上呈现了作品的潜在价值。时至当下，莱辛的作品对于广大读者与研究者而言，依然富有吸引力和研究价值。

0.2.2 国内研究现状

当今中国学界对莱辛作品研究呈现了三个特点：1.时代性：莱辛的作品译介速度加快。2.多元性：莱辛的作品在文学文本的解读中逐步走向多元化。3.主体性：对莱辛的作品研究不再是一味阐述，而是更突出主体意识，从认同走向争议。然而全面客观地审视、反思20世纪90年代以来莱辛研究的状况，也存在一些不尽如人意之处。

莱辛是一位多产的作家，50多年来的著作超过50部，就在2009年还有新作面世。除了十几部长篇小说外，还有数十本短篇小说、两部剧本、一本诗集及多本论文集和回忆录。我国最早翻译出版的莱辛作品应是1956年10月新文艺出版社（上海译文出版社前身）刊行的《渴望》（Hunger）。1958年作家出版社出版了莱辛的短篇小说《高原牛的家》（A Home for the Highland Cattle），董秋斯译。1962年台湾时报出版社（后更名为"时报文化出版企业有限公司"）出版了长篇小说《金色笔记》，1967年该出版社又出版了小说《特别的猫》。1981年中国青年出版社出版的《英国短篇小说选》中收录了杨乐云翻译的短篇小说《一次轻蝗虫灾》和沈黎翻译的《草原日出》。1988年，辽宁人民出版社曾出版《金色笔记》，当时用的书名是《女性的危机》，并称其为波伏娃《第二性女人》的姊妹篇，同年台湾天培出版社出版了长篇小说《第五个孩子》。1998年花城出版社出版了莱辛的短篇小说集《一个男人和两个女人的故事》，该书一共收入了莱辛早期14部短篇小说。1999年10月译林出版社出版了《野草在歌唱》，1999年12月上海译文出版社出版了长篇小说《又来了，爱情》。2000年台湾天培出版社出版了长篇小说《第五个孩子2：浮世畸零人》，台湾时报出版社出版了《猫语录》，同年6月外语教学与研究出版社出版了《简·萨默斯的日记》的英文版，王宁教授作了详尽深入的导读。2003年浙江文艺出版社出版了莱辛的中短篇小说集《另外那个女人》，2007年11月凤凰出版传媒集团，译林出版社出版了《玛拉和丹恩历险记》，2013年南海出版公司出版了《我的父亲母亲》，2016年1月译林出版社出版了《天黑前的夏天》，《简·萨默斯日记1：好邻居日记》，《简·萨默斯日记2：岁月无情》，《时光噬痕：观点与评论》，2019年南京大学出版社出版了《画地为牢》，人民文学出版社出版了《对杰克·奥克尼的考验》，2020年人民文学出版社又出版了《到十九号房间去》，2021年中国社会科学出版社出版了《幸存者回忆录》，这些都归功于学者们的译介和研究。

其实，莱辛最初被介绍到中国来并未引起学界的关注，1981年第3期的《外国文学研究》上孙宗白先生发表了《真诚的女作家多丽丝·莱辛》，介绍了莱辛的生平和作品。但是文章中有个别错误。20世纪90年代中期，冯亦代先生还曾撰文说："除了读过若干她的短篇小说的译文外，她的长篇似乎还没有翻译出版过。"由于时代的局限，在文中他误把莱辛当成美国女作家。张中载先生和王家湘女士也都曾把《野草在歌唱》中的摩西当成是女性，而对于《金色笔记》的出版年月也有争议，对作品的结构和文中的主人公安娜和艾拉也多有混淆。当时的信息传播条件有限，导致著名学者和著名刊物对此也以讹传讹，普通国人更是没有听说过多丽丝·莱辛其人。虽然早在1993年5月莱辛就访问过中国，与北京外国语学院英语系的师生们进行了座谈。其间，著名英美文学专家陆建德、张中载先生同她有过亲切的交谈。但是莱辛的作品在国内并未成为重点关注的对象。近些年来，中国出现了一批翻译和研究多丽丝·莱辛的专家学者。资深的英美文学研究学者，如王佐良先生、侯维瑞先生、孙宗白先生、王家湘女士和冯亦代先生等，他们通过翻译或撰写文学史，以及亲自评析具体文本的方式为莱辛作品在中国的普及做出了巨大贡献。也有一批优秀的中年学者，如瞿世镜先生的《当代英国小说》、张中载先生、黄梅女士、李福祥先生和范文美女士等都对莱辛的作品作过专门论述。在文学史类专著中，瞿世镜主编的《当代英国小说》、蒋承勇等著的《英国小说发展史》、张和龙的《战后英国小说》、王守仁和何宁著的《20世纪英国文学史》中都重点介绍了莱辛的小说。近几年越来越多的硕士生、博士生在毕业论文选题时都不约而同地将目光集中在了莱辛的身上。2007年社会科学文献出版社出版了王丽丽的专著《多丽丝·莱辛的艺术和哲学思想研究（英文版）》，2007年中国人民大学出版社出版了陈璟霞的《多丽斯·莱辛的殖民模糊性——对莱辛作品中的殖民比喻的研究》，2008年四川辞书出版社出版了肖庆华的《都市空间与文学空间——多丽丝·莱辛小说研究》，都是关于莱辛的专著。综上所述，我国的研究主要集中在如下几个方面：莱辛创作的基本介绍、莱辛创作的基本特征、主要作品在思想和艺术上的分析研究、莱辛与其他作家的比较研究。

　　李福祥先生较早地关注到莱辛的文学创作及其基本特征，从作家的创作生平介绍到对具体作品都作了详尽的阐释。1993年他在《外国文学评论》上发表了《多丽丝·莱辛笔下的政治与妇女主题》一文，对莱辛小说的主题进行了认真的分析和研究，迈出了莱辛研究这个系统工程关键的一步；同时，随着对莱辛研究深度的纵向拓展，不少学者尤其是精通英文的学者纷纷加入了研究中，从不同的层面，运用不同的理论和方法对莱辛的总体创作特征进行了分析和概括，对莱辛作品的独特结构和所蕴含的思想进行了较翔实的论证。如1994年第4期的《外国文学评论》上，林树明就以《自由的限度：莱辛、张洁、王安忆比较》为题对莱辛、张洁和王安忆进行了比较研究。2006年5月李晋发表了文章探讨莱辛与肖邦小说中女性自我建构的问题；王军、夏琼等分别在期刊上发表文章，对《金色笔记》的主题与结构进行探讨。2000年司空草在《外国文学评论》第1期上发表《莱辛小说中的苏菲主义》；2002年谷彦君也曾撰文专门阐释莱辛创作中出现的神秘主义思想和异化主题；2002年，应素芳、严志军、童小兰等一批学者又对莱辛具体文本的叙事策略进行了探究；另外，还有一些零星的文章涉及多丽丝·莱辛笔下的政治主题，她的"太空小说"及她的最新力作。2005年第2期的《外语与外语教学》上马爱华发表了关于莱辛短篇小说的剖析。苏忱于2007年第4期的《四川外语学院学报》上发表了《多丽丝·莱辛与当代伊德里斯·沙赫的苏菲主义哲学》，以《幸存者回忆录》为例分析沙赫所介绍的苏菲主义哲学与莱辛创作的关系；同年卢婧和傅丽也发表文章对《金色笔记》和《野草在歌唱》进行研究；蔡晓燕发表文章探讨《简·萨默斯的日记》中母女关系的完整再现与女性身份探索；黎亚林对《到十九号房间去》中人物叙述的不可靠性进行了解读；华羽泉以《西方女性主义文学的滥觞：多丽丝·莱辛与女性批评》为题，通过莱辛作品中人物所反映的两性关系，探讨了传统与现代的反叛意义和她的女性主义思想；熊安浣和陈东发表了文章解读莱辛的短篇小说《日出草原》，揭示了小说中人和自然的关系不再对立，而是被放在完全平等、互相影响、互相需求的生物链中进行诠释的。2007年第6期的《译林》上发表了邹咏梅翻译的《写书是一种艰辛的苦力——多丽丝·莱辛访谈》，介绍了莱辛作品转型的问题。2008年第12期梁艳君在《外语与外语教学》上发表文章《多丽丝·莱辛〈金色笔记〉中女性角色的自我定位》，阐述三位女性角色在性别角色社会化过程中，如何通过调整自我重新定义作为一位职业女性的存在价值，走出女性角色定位与社会规范冲突的困境。2009年第1期，胡勤在《外国语文》上发表文章《多丽丝·莱辛与当代伊德里斯·沙赫的苏菲主义哲学——与苏忱商榷》，针对苏忱《多丽丝·莱辛与沙赫的苏菲主义哲学》一文存在的问题，从苏菲主义的内涵，哲学与宗教的区别等方面进行了澄清。2010年第5期，卢婧在《南京社会科学》上发表文章《多丽丝·莱辛的文化身份与小说创作》，阐述了莱辛"边缘人"与"流亡者"的文化气质和显示出的当代知识分子追求精神独立的品格。2011年第9期，王群在《湖北社会科学》上发表文章《论多丽丝·莱辛"妇女政治主题"小说》，分析其作品是"政治主题"和"妇女主题"的精湛结合，具有独特的审美价值。2012年第2期，黎会华在《河南师范大学学报（哲学社会科学版）》上发表文章《自我与自性的整合——多丽丝·莱辛〈幸存者回忆录〉的一种解读》，认为《幸存者回忆录》是多丽丝·莱辛关注"内心空间"的一部重要小说，象征人格完整的自性对现代人实现心灵完整也具重要意义。2013年第3期，张琪在《湖南大学学报（社会科学版）》上发表文章《多丽丝·莱辛太空小说在中国的传播与研究》，较为全面地梳理了其太空小说在国内的译介、简介与传播，以及由此引发的研究与接受。2014年第11期，周毅军在《江西社会科学》上发表文章《多丽丝·莱辛作品中的女性生存观》，分析了莱辛在作品中表明女性面对生存困境首先要争取经济上的独立，提高生存竞争力，并且要积极进取，思想进步，争取自身的自由和解放。2015年，段湘怀在《中国文学研究》上发表文章《多丽丝·莱辛女性意识再探》，研讨了莱辛通过独特的"女性书写"建立自己的话语权威，保持鲜明的自我意识的艺术成就。刘玉环、周桂君2016年在《当代外国文学》上联合发表文章《多丽丝·莱辛笔下的狗与她眼中的西方文明》，剖析了莱辛笔下多种狗的形象反映了她对西方基督教文明从批判、肯定到超越的复杂态度；二人同年在《社会科学战线》上发表文章《多丽丝·莱辛的历史观与她的文学创作》，指出莱辛既相信人类可以无限进化，又不时呈现历史循环，其历史观在"循环""进化"之间摇摆。2018年第11期张静在《贵州民族研究》上发表文章《少数民族文学的发展探究——基于多丽丝·莱辛的文学认知》，探讨其作品对民族文学的现实发展的重要借鉴意义。同年，程丽蓉在《文艺争鸣》上发表文章《镜像、自我与格局——多丽丝·莱辛与张洁的自传体小说比较论》，分析了两位作家用文学艺术的方式重识过往，辨识自我的方式；廖望在《当代外国文学》上发表文章《多丽丝·莱辛〈好人恐怖分子〉的空间体系建构》，探讨其作品尝试社会改造和性别平等的可能性，也暗示了弥合分歧的希望渺茫。2019年第2期贺欣晔和王纯菲在《东北大学学报》（社会科学版）上联合发表文章《多丽丝·莱辛幻想小说中的真幻意识》，分析了莱辛对真与幻的鲜明意识构成了她对文学真幻问题的根本态度。2021年第3期的《社会科学研究》上发表了肖庆华的文章《多丽丝·莱辛都市小说中的老年女性书写研究——一种人文地理学解读》，从人文地理学的角度对女性书写进行了论述。

我国的多丽丝·莱辛研究虽起步稍晚，研究的内容也比较零散，但层次较高，研究范围较广。近20年来，我国越来越多的学者在各自不同的领域孜孜不倦地关注和研究着莱辛，并且取得了较丰硕的成果。学者们在自己的研究中注意运用比较的方法，运用新理论、新思想、新视角来研读莱辛。中国学者们没有满足于从简单的社会、历史、阶级的角度进行研究。学者们多样的研究笔触几乎深入她所有的创作：从传统的现实主义理论分析到运用叙事学、弗洛伊德的心理学、结构主义、女性主义、神秘主义、马克思主义、后殖民主义等新理论、新思想的解读；从比较研究到个案剖析；从宏观把握到微观细读等，为莱辛研究开辟了一条宽广的道路。

近20年来，国人对于多丽丝·莱辛的研究虽然取得了一些显著成果，世人对莱辛其人其作的认识也正在日趋清晰，但我们仍然不无遗憾地说，对莱辛的研究，中国学界还存有许多的不足，如研究学者队伍尚不稳定、研究者的视野尚不很开阔、选题较为狭窄且有重复的存在、研究的手法少于创新等。迄今为止，学者们对莱辛的关注多集中于她的《金色笔记》而且着重阐释作品的女性主义思想和独特结构，从而形成一个有关莱辛研究的小高潮；而对莱辛其他的作品只见零星的评述，对莱辛晚期的创作也少有涉及。可以说对莱辛整体的研究急需我们以更开阔的视野、更充沛的精力去做进一步的努力。但是从资料中可以看出，这些文章都对莱辛作品中的某一方面进行了卓有成效的探索，为本书从解构的视角切入研究提供了研究起点，因此，笔者力图在莱辛的创作中实现一种全面和综合的体现。

莱辛的著作多，体裁广，共有长篇小说25部，短篇小说80多篇，限于篇幅，本书难以覆盖莱辛的全部著作，所以选择莱辛的10部小说作为参考文本，分析并考察莱辛作品中的解构思想。这些小说分别是：《野草在歌唱》（The grass is singing，1950）、《玛莎·奎斯特》（Martha Quest，1952）、《金色笔记》（The Golden Notebook，1962）、《什卡斯塔》（Shikasta，1979）、《第八号行星代表的产生》（The Making of the Representative for Planet Eight，1982）、《简·萨默斯的日记》（The Diary of Jane Somers，1983）、《特别的猫》（Particularly Cats and More Cats，1988）、《第五个孩子》（The Fifth Child，1988）、《玛拉和丹恩历险记》（Mara and Dann，an Adventure，1999）、《浮世畸零人》（Ben，In The World，2000）。本书以文本分析为主，从作品中解构思想的视角出发，指出莱辛作品中人类共同面对的现代性的矛盾和危机。从这个意义上说，莱辛的小说对现代性有一种挑战、批判和启示的功能。

第1章　对人的解构

随着文明的高度发展，人类越来越迷失在精神的荒原。通过对莱辛作品的整体观照我们可以看出，对人类生活境况危机的反省和担忧一直是作家关注的重点：无论是殖民地的边缘人群，还是女性在传统男性视角下的"边缘人"角色；并进一步把视角转向人的精神世界，对人与上帝的关系进行了解构与重建，赞扬人类爱的力量；并由尊重人与人的差异延伸到人与猫及人与自然万物间的彼此尊重，探寻对人类危机的解决之道。

1.1 对种族关系的解构

1.1.1 以"愚昧"被定型的黑人

《野草在歌唱》是莱辛的第一部长篇小说，以非洲南部生活为背景。有关非洲的主题经常在莱辛的笔下出现，一方面，非洲大草原的生活带给莱辛体验和探索生活的最佳场所；另一方面，莱辛也通过其创作的作品给人们认识非洲提供了一个新视角，并揭示了现代文明中黑人与白人在文化与身份上融合的困境。《野草在歌唱》的标题来自T·S.艾略特的《荒原》："在这个群山环绕的腐朽山洞里，在淡淡的月光下，野草在歌唱。"①这里，非洲的原野是一个非常重要的意象。莱辛一直在自问：为什么许多白人农场主不远千里愿意来到非洲的旷野土地落地生根，却那么仇恨原住居民？白人殖民者究竟对非洲或者其他殖民地有什么影响？非洲的原野和欧洲的文明究竟哪个更有力量？而多年的非洲生活终于让她明白，只有脱离了城市的喧嚣，才能意识到人类在广阔的天地间是多么渺小。其实，黑人与白人的主题不仅仅出现在莱辛的笔下，文化与人的关系历来是哲学家和文学家关注的中心，现代哲学人类学家哈登就人与文化的关系明确提出"人是文化的存在物，人创造了文化，同样文化也创造着人"②的观点：人是文化的创造者，是文化的主人；反过来，人又是由文化形塑而成，文化也制约人。人都在一定的特定文化氛围中生活，受到特定文化的制约。

黑人与白人的种族冲突自奴隶贸易开始后从未停止过。历史的原因，占主导地位的白人群体对处于从属地位的黑人亚文化群体常常带有消极描绘的倾向。由于贩卖奴隶和奴隶制，白人种族主义者为了达到其控制黑人的目的，曾一度歪曲黑人形象，贬低黑人。因此，白人的传媒、文艺作品等曾一度充斥着丑化黑人形象的话语。在白人的文学作品中，常有对黑人形象的不客观的描写，通过丑化黑人形象以达到其"白人种族优越"的宣传目的。随着资本主义国家进入帝国主义时期，伴随着殖民体系的建立，种族界线与划分由于政治需要上升到意识形态上的对立。

在《野草在歌唱》出版之前，反映黑人和白人种族关系的文学作品大都停留在社会、经济、政治层面上，对黑人遭受的歧视和压迫发出抗

---

① [英]多丽丝·莱辛.野草在歌唱[M].一蕾，译.南京：译林出版社，1999:扉页。

② [英]艾尔弗雷德·哈登.人类学史[M].廖泗友，译.济南：山东人民出版社，1988:3.

议之声。黑人与白人生活在两个世界，泾渭分明，也有很多作品表现出黑人对白人社会的一种鲜明的对立态度，而对黑人与白人之间更加复杂的情感问题少有关注。多丽丝·莱辛出生于伊朗，随后和父母前往非洲生活，亲身经历和体验了非洲大陆上白人和黑人间的文化和种族差异与矛盾。在其文学生涯开始之际，她便以独特的视角发现了黑人与白人之间的各种情感这一被人忽视的问题。莱辛在小说中以充满人道主义的理解和同情，把黑人视作和白人一样具有爱憎感情的人来描写。莱辛笔下的黑人也以正面的形象出现在读者面前，完全不同于以往为白人大唱赞歌的英国殖民小说。

《野草在歌唱》以一桩凶杀案贯穿小说的始终，将南非种族歧视制度展现得淋漓尽致，却又不仅仅局限于批判种族歧视，而是聚焦于作品中的人物如何面对社会对人的异化及命运洪流的操纵。主人公玛丽一心想摆脱贫苦的生活，却无法超越世俗偏见和种族歧视，不能克服心中的障碍，无奈陷入悲惨的命运轮回。摩西本性温柔善良，但当作为人的最基本的自尊遭到肆意践踏时，原有的善良最终也转化为疯狂的报复。莱辛既展现了殖民者后裔在异国他乡成长、恋爱、奋斗和失落的独特人生体验，又以白人殖民者身份对殖民主义和种族歧视进行了深刻的自我解剖。多丽丝·莱辛的《野草在歌唱》不仅第一次向西方读者毫不掩饰地展现了在种族隔离制度下南部非洲的社会状况，而且以玛丽和摩西之间的主仆暧昧关系作为白人殖民者与黑人奴隶间总体关系的缩影，真实生动地展示了白人与黑人间，乃至人与人之间对立关系的原因、恶果及本质。在仔细研读的基础上，在此拟从话语权和逐出话语的方式几个方面进行分析，分享作家所传达的思想和情感。

1.1.2 莱辛笔下的黑人和白人

纵观莱辛的一生经历，政治与文化的特别体验已经成为莱辛人生体验的重要部分，深刻影响着她对写作的态度。以前的英国是一个等级意识严重的国家，殖民地的扩展更加深了这种不平等的等级制度。莱辛刚到伦敦时，她的南罗得西亚口音可以和当地的工人们交流。不久，莱辛开始说标准的伦敦中产阶级口音时，与工人阶级交流便不可能了。甚至她到工人阶级常去的酒吧喝酒也会遭到拒绝。[1]工人阶级的身份已经内化到群体的内心深处，成为他们人格的一部分。由此可见，人与人之间的阶级区分并没有在规则的空间里变得模糊，而是隔绝在不同的话语权中。由此，莱辛深深地体会到话语权对于人生存之重要，并把话语权作为小说中常常出现的主题来表现。在《野草在歌唱》，主人公玛丽所代表的白人话语便成为了支配性话语。

　　"话语构成了一般文化实践的基础部分，话语传播着权力的影响，在整个现代社会体系中，它们是权力的替代品。"[2]在莱辛描绘的殖民主义社会中，白人因其种族性而具有了白人历史，白人民族性及由此而产生的白人权力，白人种族的这种特质为白人提供了法律、社会、经济和政治的特权，而白人在行使这些特权的同时将黑人视为边缘人群，大肆剥夺他们应有的权利。莱辛极为关注并置身于西方世界的思想方式和文化的改变过程，这在她的生活和作品中间表现出一贯的持续性。她对于研究非洲的黑人和白人种族之间的关系有着持久的热情，并致力于殖民者与被殖民者的风习改变和妇女在社会中的地位问题。摩西第一次说英语的时候曾让玛丽大为恼怒，因为英语曾被认为是有权力的白人所特有的语言，处于白人文化统治下的非洲黑人不仅在自己的土地上被斥为

①[英]多丽丝·莱辛.影中漫步[M].朱凤余，等，译.西安：陕西师范大学出版社，2008:60.
② 包亚明，主编.权力的眼睛——福柯访谈录[M].严锋，译.上海：上海人民出版社，1997:55.

二等公民，被排斥在边缘地位，甚至连话语权也一并被剥夺了。很多反映殖民地白人与黑人关系的作品中，黑人讲话的情节都微乎其微。可见，在玛丽和摩西身上交织着他们各自的身份与文化之间的身份错位。玛丽刚到迪克家里就开始阅读土语手册，自主自愿地学习黑人的语言，而摩西学习英语的情节也表示他开始向异己文化寻求认同，渴望沟通交流，不幸的是自身的黑人身份使他屡屡遭到排斥，认同愿望必然落空。另一方面，无论是玛丽还是摩西都必然因此而丧失掉固有的安全感和归属感，似乎被无形的分割力量肢解为断片，飘零于无家可归的虚空中。他们这种由身份错位而产生的个人断裂体验，在民族、国家、时代及个人的现代性体验中，具有一种典范性意义。这种典范性意义不止表现在文化选择究竟落在何方的困窘上，同时表现在两种文化"调和"的艰难和两者都一时无从选择的道德困境。在这种情况下，白人殖民者一方面以地主自居，并不认为自己的行为是对非洲黑人土地的掠夺，他们认为自己有"义务"去教化和改造当地的土著人，使他们更加文明，提升生活质量；另一方面，他们将国内的社会等级制度照搬到了殖民地，试图复制国内的种种生活经历，让遥远的非洲殖民地同时成了帝国的一面镜子。从她对两个主人公积极学习对方语言的描写上可以看出，作者相信无论是殖民者还是被殖民者都应该在促进社会进步方面通过其自身的影响来发挥更大的作用，以减少相互之间的竞争和倾轧，提高文化水平，达到相互理解和融合。表现在具体的作品中体现在以下两个方面：

首先，莱辛赋予了摩西话语权，打破了白人掌握话语权的模式。

玛丽在田间初遇摩西时，他是以一个友善形象出现的，老实、忠厚、善良而又淳朴。但是由于其他雇工善意的笑声，玛丽认为他的出现威胁到了玛丽刚刚体验到的不容藐视的权力。于是玛丽用鞭子狠狠地抽打了摩西，这是文中玛丽第一次对黑人施与暴力。玛丽本身处在对生活不满的重重压抑中，因为文化背景不同，对其他雇工的误解让她只能用一种简单的方式来发泄自己的情绪和捍卫自己的地位：暴力。莱辛正是通过对殖民地中殖民者与被殖民者互相释放压力时，暴力是最简单和直接的反应，才让玛丽以暴力成为与摩西正面交锋的开始。鞭子象征着权力，玛丽第一次带上鞭子去农场的时候心里感觉有了依靠，不再害怕土人。不善思考的她用这个简单的方法解决了原本复杂的问题，而故事的最后摩西也用暴力结束了玛丽的生命。在这些关系的结构中，暴力是普遍存在的：玛丽代表的殖民者利用暴力反对被殖民者，与此同时，在失望和绝望的驱使下，被殖民者也利用暴力反对殖民者。这两种暴力的存在，都是为了使剥削结构永远存在。法农认为只有通过直接的暴力行动反对压迫者，"地球上受苦的人"才可以从根本上改变他们的物质环境，推翻他们的"他性"的有害的定义。[①]但是故事并没有像想象中将黑人奋起反抗作为冲突的高潮展开情节。

被鞭打之后，摩西并没有像玛丽想的那样要扑过去打她，只不过是举起手来擦了擦脸上的血。在第二次的正面交锋中，摩西到玛丽家做家仆，情形还是一样。尽管玛丽鞭打摩西的恶行使他愤怒而又屈辱，但是因为仆人的身份，他依然举止驯服，正如殖民者所教给他和所有其他黑人的那样，行事"体面"：不能与女主人有直接的目光对视，讲话要低声，只能简短地回答"是"或"不是"。此时的摩西又没有了自己的声音，从而玛丽从自己获得的主体地位中再一次得到了满足，这种满足感或多或少地填补了她对丈夫的不满和对生活的绝望，她感觉自己仿佛在某种方面得到了承认，并再一次确认和巩固了自己的权力。这对主人来说是非常重要的一点。黑格尔曾经用主人和奴隶的比喻来说明"如果没

①[法]弗朗兹·法农.全世界受苦的人[M].万冰，译.南京：译林出版社，2005:33.

有他者的承认，人类的意识是不可能认识到自身的"。①这两个角色可以互为定义。表面上，主人（玛丽）好像无所不能，但实际上她需要对奴隶的统治建构自己的身份，主人自我意识的获得要依靠奴隶的存在。而奴隶通过压抑自己去满足主人的需要，于是奴隶也改变了自己，使得奴隶和主人都陷入了权力的关系之中。但是在莱辛的笔下，话语权随着时间的推移开始逐渐在玛丽和摩西之间失衡。特别是在玛丽的家庭场域中，权力争夺变得更为突出和尖锐。玛丽不吃早餐时，摩西会说："夫人没有吃早饭，现在应该吃些东西了。"②作为一个仆人，他更像是在对主人发号施令，玛丽尽管内心挣扎，最终还是会默默地吃早餐。不仅如此，摩西的话语与语气远远超出了传统叙事中懦弱的黑人形象，当他执意要留下来照顾男主人而被玛丽拒绝时，他却大胆说出了自己的想法且语气坚定有力，相比之下，原本拥有话语权的玛丽却表现得紧张不安，这种不安与摩西的镇定形成了强烈的对比，消解了主仆之间统治与被统治的权力关系。在殖民主义的背景下，大部分白人都认为土人说英文是"厚颜无耻"，然而对于黑人摩西所说的话，玛丽经历了从最初感到憎恨，到无奈，到最后反而用同样的英语回答他，进一步与他交谈的转变过程。显然，玛丽只是在被动地回答摩西的提问，话语权不再属于玛丽，她是主人，却不能按照自己的意愿掌控所有局面，这无形中也消解了殖民者与被殖民者之间的界限。从这一层面来说，摩西突破了以往殖民小说中固有的黑人形象。对玛丽而言，摩西虽然是一个"下贱"的土人，但是她又不由自主地被他宽厚温柔的性格和健康的体魄所吸引。

---

①[英]丹尼·卡瓦拉罗.文化理论关键词[M].张卫东，张生，赵顺宏，译.南京：江苏人民出版社，2006:128.

②[英]多丽丝·莱辛.野草在歌唱[M].一蕾，译，南京：译林出版社，1999:163.

这种吸引与身份之间的敌意相互冲突，让她痛苦而无奈，甚至感到恐惧，因为她似乎开始同情和喜欢上土人，这种冲突和挣扎又加速了玛丽的崩溃。

其次，莱辛用故意把关乎主人公命运转折的主要情节逐出话语的方式解构了白人中心的权威。

小说开篇就直接道出女主人公玛丽被杀害的结局，这自然并非一种创新，通常这种将死亡的结局写在开头的小说，一般接下来都会开始对死去的主人公进行直接刻画，对与被害者相关的种种进行详尽的叙述，告诉我们他/她是怎么样一个人，随后便会开始探讨他/她被杀的原因，即使为了引发读者继续阅读的兴趣，这一原因未被马上说破，它也是叙述过程中的中心。

可《野草在歌唱》却反其道而行之，其开头不同于其他小说的地方，正在于它对这个一般小说都会作为叙述中心的死亡的主人公和死亡原因不去言说，避而不谈。这种关键叙述的"空缺""不在场"又体现在小说世界和作者叙述形式这两个层面上。

一般而言，大出版商对商业卖点更感兴趣，排行榜和销售量左右着他们的视线。当时出版商给莱辛的复信中提出了一个建议，根据美国的国情，莱辛需要修改一些情节，他们特别强调对小说中"强奸"一事，要浓墨重彩。莱辛被激怒了，她断然拒绝了出版社的要求。[①]小说世界中，在开头的凶杀报道之后，始终没有将叙述的中心放在因死亡而理应成为中心焦点的女主人公身上，整整第一章都是在描写马斯顿、查理和警长等人，对主人公却根本没有任何正面介绍。在描写其他人的行为，或从他们的视角进行叙述时，都体现出他们对凶杀案闭口不谈，甚至讳

①[英]多丽丝·莱辛.影中漫步[M].朱凤余，等，译.西安：陕西师范大学出版社，2008:93.

莫如深的离奇态度："整个这件事中最有趣的地方是大家都不约而同地默不做声。大家的举动都像一群利用或似乎在利用精神感应的方式互相交流的鸟儿一样。"①这一违背人们喜欢猎奇和窥探他人隐私之常情的情形，越发凸显事情的蹊跷。

与凶案无关的人是如此，与凶案相关的人也是如此：行凶者摩西对谋杀的罪行供认不讳，却对谋杀动机只字不提；被害者的丈夫迪克则干脆是疯了，无法对事情的前因后果进行说明；而文中提到的，本来是有三个人"可以把事实详细叙述一番"的：邻居农场主查理、当地警长和见习生托尼。

可是在查理、警长对凶案进行调查时，与托尼进行的谈话中，前者只有一处提到了被杀害的女主人公，而且口气是就事论事和冷淡如冰。而与女主人公夫妇同住一起的托尼，几次想把凶案的内情也就是谋杀的原因说出时，都被似乎早已明白内情的查理和警长敷衍过去，结果是托尼最终也保持了沉默，真相也就在"例行公事"之中不被言说、被弃之不顾了。

与这种对于真相的避而不谈相应的，是几乎所有人对玛丽的疏离、鄙视甚至愤恨。出人意料的是，人们并没有过多地指责黑人男仆摩西，反而极其怨恨玛丽：农场主们私下传言，玛丽的死是罪有应得；查理和警长也觉得这种事迟早会发生；就连吞吞吐吐地想说出真相却最终保持沉默的托尼，想要说的，也是这件事其实应当归罪于玛丽，而不是摩西。

正是这种对于女主人公玛丽的厌恶和嫌弃，认为她好像是什么令人讨厌的、肮脏的东西，被人谋杀了正是活该的态度，隐约显露出了玛丽

---

① [英]多丽丝·莱辛.野草在歌唱[M].一蕾，译，南京：译林出版社，1999:1.

被杀的缘由："一个傻女人被一个土著黑人谋杀了，其中的原因可想而知，但人们却死也不肯说出口来……"①基于联想，能推断出可能是因为玛丽和她的黑人男仆之间存在着暧昧的关系，而且很可能玛丽在这种关系中不是被动的受害者。

如果结合小说世界中所描写的南罗得西亚殖民地的社会背景，我们就更容易理解这种愤恨从何而来，以及小说中众人对于死者和死因的缄默意味着什么：20世纪三四十年代，南非正处于白人文化的统治之下，而当时错综复杂的社会背景不只是由种族、阶级、性别的不同而产生的，也是农村和城市、殖民地和宗主国、农业和工业的复杂变迁而引起的。而在这样的社会背景下，非洲本地人在自己的土地上被斥为二等公民。一个白人女子和黑人有染，打破了种族、阶级和性别的禁忌，颠覆了白人心中的自我优越感。这事情关系重大，白人的生计、妻子儿女，以至生活方式都因此受到了威胁，且无法接受一个受过良好的理性的教育的白人已婚妇女，会主动和"禽兽一样"的黑奴之间发生暧昧关系的事实，这无异于是对他们至高无上的地位和他们所推崇的理性的最大冒犯，而由此产生的巨大的羞耻感自然使得白人群体对主动打破禁忌的玛丽怒火中烧，将她和她的死因及她与黑奴之间的暧昧关系也归结为不可言说的耻辱。

然而这却不能解释为什么作者也故意将女主人公和她的死因在开头列入不可言说之中，将它变成了一种"空缺"。伊瑟尔把文本句子结构和意向性关联物的非连续性称为"空缺"，并强调空缺也是文本召唤读者阅读的结构机制。在他看来，"所有文学活动的阅读的中心，是它的

---

① [英]多丽丝·莱辛.野草在歌唱[M].一蕾，译，南京：译林出版社，1999:256.

结构和他的接受之间的相互作用。"①从形式上看，空缺"粉碎了文本图式的可联结性，把被文本选择的规范和视野部分引到一个支离破碎、违反事实、对比的，或者被压缩了的系列之中，使读者对于'良好'、'绵延'的任何一种期望都失去意义"②。而出于对连贯的期望，读者如想得到一种文本意义，就必须调动自己的想象力，来填补这些空位。于是，空白实际上打开了一个便于读者进入的空间。在小说中，莱辛有意隐去玛丽被杀的原因，实际上也可以算为读者打开了一扇进入的门，能动地去填补空缺。

这一点在小说中另一处关键情节上的空缺中体现得越发明显，那就是玛丽和摩西之间到底发生了怎样的暧昧关系，也就是说，他们之间真正关乎性的关键情节呈现为一种空缺。先是写玛丽在摩西面前变得越来越被动，同时越来越离不开摩西，但是又忍不住强迫自己蔑视他，她无法面对自己的内心，也接受不了自己的行为，就这样在对摩西的幻想中百无聊赖地打发着空虚的日子。而这之后便从摩西代她照顾生病的迪克，直接跳到了查理要收购迪克的农场，派托尼到后者的农场见习，发现玛丽和摩西的亲昵动作的情节。中间玛丽和摩西具体怎么"相爱"，这段感情如何进行到了关键的一步，这段过程中都发生了些什么，都没有叙述出来。其实这部分省略的是什么，大概读者全都心照不宣，而相信这也是在读者的阅读期待中最想看到的东西，作者应该清楚这一点。可为什么她还要违反读者的阅读期待故意不去言说呢？从而问题就已经不是空缺中省略的是什么，而是为什么要将它们故意隐去，变成"不在

---

① 孟庆枢，主编.西方文论[M].北京：高等教育出版社，2002:457.

② [德]W.伊瑟尔.审美过程研究——阅读理论：审美响应理论. [M].霍桂桓，李宝彦，等，译. 北京：中国人民大学出版社，1988:253.

场"了。

通常来说，在一部由女作家创作的女性题材的小说中，一个女性的感情经历，她思想的觉醒，她由此而产生的对各种藩篱的超越和突破，乃至对男权社会的反抗，都应当是小说着力叙述的重心，也是最能体现女性写作特质的关键要素。可如果将《野草在歌唱》中的这两次叙述过程中的故意空缺放在一起，我们便不难发现，被作者故意逐出叙述话语之中的，恰恰正是关乎玛丽命运转折的重要情节。在这里，小说中众人故意避而不谈的禁忌话题，居然也成了作者故意不去言说的禁忌。就好像小说的叙述话语被小说中白人社会的主导话语权所控制了一样，不但将有辱白人群体的种族丑闻驱逐出话语，更将犯下禁忌的女性和她的情事驱逐出话语。可是与伊瑟尔意义上的空缺又有所区别的是，这里的空缺并没有留下让读者产生多种多样理解，使文本意义产生无限的可能性。前面我们已经说到，只要读者结合小说所写作的时代和社会背景，就能猜出大概的原因来。所以这里空缺更大的意义所在，显然不在于调动作者对死因进行自己的理解，而是让读者去关注这种空缺本身。

而如果留意作者描写玛丽的视角，也可以发现一个有趣的现象。作者对玛丽进行刻画时，也并没有从她的主观上进行太多描写，更多的是一种中立甚至略带批评的立场。直到小说的最后一部分，玛丽预感到自己即将被杀死时，小说的叙述才完全进入她的主观视角当中。而这个时候，她看待事物的方式，显然是已经进入了一种癫狂的状态之中。而疯癫，正是被以理性自诩的男权话语强加于女性的代表性特质，反映出男权话语的强大力量。

而这种作者叙述话语与白人男权的支配性话语的重合，显然不代表作者认同了这一话语，恰恰相反，她正是故意用不去言说被白人男权的话语列为禁忌、驱逐话语之外的女性最重要的性与情，用这种不在场本身，显示出女主人公玛丽的对抗，或者更准确地说，试图逃避这一话语的控制的种种努力，注定是惨败、死亡和被嫌弃、驱逐收场。而那作者留下的空缺，正是为了吸引读者去探究，进而去感受到这种白人男权的支配性话语，从而更为真切地感受到一个女人在这样的支配性话语当中，被嫌弃和驱逐的一生。

于是，这个女人在小说的开始便死去了，但是死亡，都未能使她成为关注的重心。当我们随着作者回忆这个女人的一生时可以发现，玛丽的一生似乎都在为逃避白人男权社会的主流话语，建立一个以自己为中心的世界而努力：母亲死后，逃出家庭，远离父亲，过着白人富小姐的生活，为逃避男性和婚姻，总是打扮得很年轻，天真烂漫到不用问世事，以至于周围的人慢慢地都认为她是一个怪胎；在被人议论纷纷、丧失了优越感时，她又急急忙忙地嫁给了唯一一个把她奉若至宝的农场主；结婚后她希望丈夫可以经营农场成功，从而过上理想中的生活，可一旦发现丈夫的无能后，又开始憧憬着回到城里工作，浑然忘记了那里是不接受已婚妇女的；当她好不容易关心农场的事务、为丈夫出谋划策时，又在指点几句后抽身而退；面对越来越困窘的经济状况和毫无幸福可言的婚姻，她一度希望像自己的母亲一样，生个孩子来寻找寄托，却被丈夫以穷困为由拒绝了；终于最后，她找到摩西这根救命稻草。

玛丽要的生活永远"在别处"，永远都在幻想中构建一个以自己为中心的世界，同时对生活的现实自始至终缺乏真正的思索。迪克告诉玛丽他很穷，但是玛丽并没有认真思考"很穷"对她来说意味着什么，是否可以接受；她对迪克，更多的是一个高他一等的母亲般的怜悯、同情，而不是爱情；即使是对摩西，她的感情是否是爱，也是十分值得推敲和质疑的，因为他们的情感关系更多的还是在延续他们在现实生活中的主奴关系。

　　玛丽悲惨的一生不仅在于她自命清高、自以为是的个性，也在于她对白人男权话语社会缺乏认识，更在于即使是起初对丈夫称土人为"畜牲"不以为然，在于即使和黑奴产生了暧昧关系，她潜意识里仍然认同白人对黑人的歧视，认同农场主和黑人奴仆之间的主奴关系，甚至比她丈夫还要变本加厉。可以说她在骨子里是认同占据支配地位的白人男权话语的，这也导致她最后会因为托尼几句话便赶走摩西并引来杀身之祸的悲剧。

　　由此，作者显然超越了通常意义上的女性主义，没有完全站在女主人公的视角上书写她对抗男权话语的血泪史，小说中没有不切实际的口号，而是用空缺的手法，导引并表现出一种态度：女性如果对于男权社会缺乏真正的认识，只是根据自己的幻想，虚构出一个处于中心地位的世界，这样必然会导致失败，而在走中心/边缘、支配/被奴役的老路，因而不能成为女性的出路。如果女性想要改变自己不幸的地位，就必须对自己所处的现实具有清醒的认识，对支配性话语统治地位形成的过程有所认识，同时也反思虚幻空泛的女性主义，才不会重蹈男权中心主义的覆辙。

　　通过上述分析，我们可以看出，莱辛正是用"不在场"、用空缺，来显示出支配性话语的"在场"，更为深刻地说明这种白人男权话语对于女性（以及有色人种）诉求的排斥和驱逐，体现出女性试图构建一个虚幻的自我中心世界的失败宿命所在，也正是经历了这样的过程，女性才可能对自身的地位和追求自身幸福的方式进行更好的反思，野草才能真正地开始歌唱。

1.1.3 黑白对立消解

　　作者不仅通过小说中玛丽的命运对女性的生存境况提出了质疑，更重要的意义在于通过玛丽和摩西的关系消解了传统的二元对立。"在传统的二元对立哲学中，我们看不到平等的共存，而只有一方压制另一方的等级对立。"①二元对立中的一方支配另一方，成对的对立范畴的前者永远支配后者。在传统作品中，白人总是存在于处于中心的一方，黑人被弃于边缘地位。"逻各斯中心主义于是预定二元对立中的前者居于高高在上的优越统治地位，而后者只是作为前者的补充、否定、解释、分裂。"②黑人在殖民文化的白人/黑人、自我/他者、优秀/落后、文明/野蛮的二元对立模式区分下，被置于一个被奴役、被蔑视、被支配的境地。法农在《黑皮肤，白面具》中说："在白人的眼光下，他背负着一种作为陌生人的重担；在白人的世界里，有色人的发展面对着无法估量的困难。"③雅各布森（Jakobson）曾指出白人因其白人的种族性而具有了"白人历史、白人民族性以及由此而产生的白人权力"。④在优化自己的同时，白人视黑人为野蛮狡猾的动物，并声言黑人不具有任何高贵的品质。白人黑人二元对立模式中，特权、理性、文明、优秀是白人的专属，而黑人则被烙上了肮脏、愚昧、野蛮、卑劣的标记。莱辛的作品却颠覆了这种观念。

首先，玛丽虽身为白人殖民者，却胆小懦弱，始终被动地接受社会制度与命运的摆布。她童年时就从大人那儿接受了仇视"黑种穷鬼"的教育，认为"他们是肮脏的，并且可能会对她做出可怕的事情"。母

①Jonathan Culler， On Deconstruction: Theory and Criticism after Structuralism[M]. Beijing: Foreign Language Teaching and Research Press and Cornell University Press，2004:85.

②Jonathan Culler， On Deconstruction: Theory and Criticism after Structuralism[M]. Beijing: Foreign Language Teaching and Research Press and Cornell University Press，2004:3.

③罗钢，刘象愚，主编.后殖民主义文化理论[M].北京：中国社会科学出版社，1999:202—206.

④Todd Vogel， Rewriting White: Race， Class， and Cultural Capital in Nineteenth-century America[M]. Piscataway: Rutgers University Press，2004:2.

亲禁止她与黑人奴隶讲话，父亲对黑人的斥责更是令她记忆犹新。玛丽的童年生活是阴暗且压抑的，家境的窘迫，父亲的无能，母亲的抱怨，父母不断的争吵，令她对异性、婚姻、家庭产生了强烈的反感和抵触。出于社会和传统思想的压力，玛丽三十岁时草率地嫁给了白人农场主迪克，婚后生活冷淡。但这一婚姻使她不得不面对白人与黑人的复杂种族关系。长久以来所受的殖民教育在玛丽身上形成了强烈的白人优越感，使她成了彻头彻尾的殖民主义和种族歧视的执行者，她理所当然地把与黑人的关系视作一种对立和斗争。玛丽一方面由于社会的性别心理，草率的不幸婚姻，长期处于压抑的状态，是个十足的受命运摆布的弱者；另一方面，她又是白人殖民者的一员，对农场里的黑人雇工随意欺压，极为苛刻。但是女性的身份决定了她只是一个性别的代号，难逃成为男人的附属品，她被迫屈服于男性社会确定的规范和准则，从属于男人的话语权和家庭的道德规范。可是再次觉醒的女性意识，独立的人身价值，平等参与社会活动的要求，让她内心感到十分的压抑和痛苦，内心时刻充满冲突。摩西让她找回了少女时代的语言，让她自信地去体验她从未体验过的生活，在平等中自觉自愿地去享受爱情的欢愉。莱辛特意借用了《圣经》中记载的摩西之典故，暗指摩西拯救了玛丽，把她从进退维谷中解救出来。

在生命的最后一个黎明，她无限留恋地沉浸在大自然的美妙变幻中，她能感受到无数小动物的生命搏动，但是自己面临的只有毁灭。在当时的殖民地背景下，整个社会都充斥着殖民主义和种族歧视，而玛丽和摩西这种纠缠在白人和黑人之间的爱恋，在"白人文化"的社会环境中注定要以悲剧结束。社会制度无疑是造成玛丽悲剧的主要根源，但是她本人的弱点也是不可否认的因素。她始终被动地接受环境和命运的摆布，从未真正理解过自由的本质含义，而狭隘的种族意识又妨碍了她对社会与自身的关系做出更为深刻的思考，这一切必定加速她走向悲剧的进程。

其次，摩西虽然生活在扼杀正常人性的殖民制度统治下的南非，他却如野草般破土而出。一向以南非大陆白人殖民者自居的玛丽也从摩西身上看到了白人所不具备的健壮、阳刚与体贴，取代了白人心中肮脏、愚昧、野蛮的黑人形象。玛丽对摩西不仅是身体上的依赖，摩西也是她的精神支柱。当摩西直截了当地提出要在月底辞掉在迪克家帮佣的工作时，在黑人面前失态的她作为白人的优越感荡然无存，她用恐慌而又带有祈求的语气恳求他，并没有用主人的特权命令摩西必须留下。从此以后，一旦玛丽心安理得地用冷酷而刻薄的口吻不断挑剔他的工作时，他便激动地争辩和谴责她没有良心，此时白人和黑人的社会背景渐渐模糊，只凸显出玛丽对摩西的依恋和摩西对她的复杂情感。

此外，在莱辛笔下的黑人和白人关系的描写中，摩西被赋予了强大的震慑力：摩西热爱生活——衣衫破旧却整洁如新，时常采来野花插在茶杯里；渴求知识——能识字读报，还会讲英语，勤于思考，有思想；勤劳善良——尽管摩西曾遭受到玛丽的无理斥责和狠心鞭笞，但当他目睹了玛丽家境的贫寒，体会到了玛丽内心的空虚绝望后默默地容忍了玛丽的任性和刻薄，同时他是个料理家务的好手，把玛丽原本狭窄衰败的贫寒之家收拾得井然有序；倔强而有自尊——当摩西看到自己作为人的权利被白人肆意践踏，终于举起了复仇的刀；敢于承担责任——在悲剧最终难以避免的时候，他没有逃走，而是静静等待警察的到来。当摩西杀死玛丽实现了他的报复后，他似乎陷入了一片茫然，静静地呆着，不知所措。莱辛通过把摩西的行为归为毫无意义，令人难以理解，来消解这种报复行为的合理性。无论是白人玛丽，还是黑人摩西，都逃不过社会中权力使用者所设定的规训与惩罚。玛丽是殖民主义男权社会的受害者，黑人摩西同样是殖民主义种族制度的牺牲品。摩西善良宽容，不但不记恨玛丽对他的鞭挞，反而尽心尽力地照顾她和她的家庭。摩西所具有的质朴、善良、勇敢、坚定的品质，使玛丽等白人也感到自愧不如。如果没有殖民者的侵入，黑人们现在依然应该在自己辽阔的家园里享受着幸福安宁的生活，但是殖民主义和种族歧视同样扭曲了他们质朴纯真的天性。在白人殖民者眼里，他们不再是活生生的人，而变成了没有感情的机器。白人殖民者以残暴的殖民统治迫使土地的主人沦为奴隶，但同时殖民主义也酿成了白人本身的悲剧。玛丽和摩西的悲剧代表的不仅仅是两个个体，也是所有黑人白人矛盾悲剧的缩影。

因此，黑白两种族的二元对立在小说中得到了消解，传统的白人中心随着玛丽的死亡一起消失了，同时摩西也被警察抓走，不知被如何处置，并没有出现取而代之的黑人中心。由此看来小说中的黑人和白人是平等的，任何一方都不能夺取另一方的自由和自主，德里达在消解二元对立时采取的不确定策略在这里得到了体现。在莱辛看来，任何撇开白人或者黑人的单纯解放都是不可能成功的。我们需要改变的是整个时代，需要人类的共同努力和互相帮助。

1.2 对男女关系的解构

1.2.1 西方以男性为中心的两性话语结构

莱辛以女性为主题的内容经常反复出现在她的许多其他文本中，构成了互文关系。特别是"雌雄同体"的概念，可以从弗吉尼亚·伍尔夫的文本中找到踪迹。伍尔夫曾说："在我们每个人的心灵中，有两种主宰力量，一种是男性因素，另一种是女性因素；在男人的头脑里，是男性因素压倒了女性因素；在女人的头脑里，是女性因素压倒了男性因素。"①但是"文明的历史在很大程度上也是父权制社会的历史"。②
总体来说，在西方传统中，女性从未被当作构成世界不可或缺的一极，
从未获得精神上的平等与尊重。自柏拉图以来，无论是历史叙述还是社
会构建，都带有明确的男性指向，男性的优越感将女性推向一种被边缘
化的境地，并从男性的视角出发来规定女性的性别特质。

　　现代社会，随着女权运动的风起云涌，女性要求从家庭的私人领域
走向社会的公共领域并获得被平等对待的愿望愈演愈烈，但男性依然努
力将女性排斥在公共领域外，即便有条件地准许进入，也是按照男性的
眼光将领域限制在她们作为妻子和母亲的角色领域内。男性依然把持着
政治、科学等社会生活中重要领域的话语权。于是，

　　"产生了一个意想不到的结果，即人们的理性和情感能力同时发
生了性别化过程。诸如理性、客观性、逻辑思维和讲求实际等价值观
逐渐被视为主要是男性化特征。与此同时，将中产阶级妇女的新角色
加以合理化的意识形态不仅宣告了妇女作为妻子和母亲的终极方向，
而且给她们烙上了男性领域内被忽略了的人类生存领域看护人的印
记：这一领域即情感的、直觉的和照管的领域。"③

　　各种流派的女权主义都主张始终支持对妇女权力的提倡，如社
会、政治和经济权利的平等；受教育和工作机会的增多；性自主权和

---

①[英]Sue Roe & Susan Sellers，编.剑桥文学指南——弗吉尼亚·伍尔夫[M].上海：上海外语教
育出版社，2000:225—241.

②[美]小约翰·B.科布.后现代公共政策——重塑宗教、文化、性、阶级、种族、政治和经
济[M].李际，张晨，译.北京：社会科学文献出版社，2003:100.

③汪民安，陈永国，张云鹏，主编.现代性基本读本[M].郑州：河南大学出版社，2005:797.

生育权的维护，保护她们的身体和心理不受伤害；对男性控制（male-dominated）的语言的摒弃；和对女性气质的有代表性的诽谤的解构。对于女性和男性关系的描写，莱辛在文本中并没建立一种性别的对峙。她不仅讨论女性与事业、家庭、婚姻的关系，女性与女性及女性与男性的关系，而且关注女性的成长和醒悟，以及所追求的自由。她在探讨女性问题时，她的主人公没有把重心放在男女不平等所带来的一系列斗争上，也没有描写任何因女人受到不公平待遇而与男性产生的冲突。她既描写女性所遭受的苦难，也深入刻画了各色各样的男性角色。他们有的懦弱自私，有的勇敢坚强。但无论如何，他们都不是站在与女性敌对的位置上。在现代社会，女性和男性都承受种种压力和苦恼，尤其是男性因不善言辞和疏于沟通，常常通过回避的方式来悬置各种矛盾，而问题的关键在于他们双方都想把自身的烦恼与困惑施与对方，希望用这样的方法来解决问题。莱辛的这种态度既与同一时期的男性作家对两性关系对峙的描写迥然不同，又与同一时期的女性作家对这个问题的看法有明显差异。

　　虽然文学文本拥有自身的特点和规律，而且并不是纯粹的社会文本和政治文本，但是，文学文本中的男女性别仍然是社会文化系统的观念作用的产物。因为"在这两类文本（社会文本和文学文本）中，人类性别是由社会文化所建构的性别特征被再现、表征、输入、强化、接受、迎合、规定或限制，而成为人们对性别差异的统一认识以及认识前提。人类的性属或社会性别在这两类文本的作用下，在支配性社会文化系统和表征系统的作用下，不断完成历史时段中社会文化的规定性。"[1]因此，对莱辛小说中反复出现的男女两性关系的主题探讨十分必要。

---

① 王晓路，等.文化批评关键词研究[M].北京：北京大学出版社，2007:253.

1.2.2 莱辛笔下的女性自觉

男女性别角色之约定俗成的观念逐渐形成了划分两性各自"势力范围"的社会规范，而这种以男性角色为中心、从男性立场出发看待女性角色的不平等观念，势必造成两性"势力范围"的不平衡，社会规范对女性属性的界定和评价都是依照男性的眼光来完成，因此对女性的要求和期望都带有强烈的男性偏见。面对在固有两性关系中处于失语状态的女性群体，莱辛将视角深入女性内心，通过对两性、对性爱本质的理解到性格特质的错位，再到生存领域的互置来完成对传统女性身份的解构，实现女性自觉。

1.2.2.1 性爱理解的冲突

"莱辛或许是第一位在小说中真诚坦率地描绘女主人公性生活的女作家"。①性作为个人内心最深处的禁地，并不容易探究出本质。而男女对待性本质态度的差异，势必造成两性关系的紧张。莱辛在小说《金色笔记》中将女性角色分裂为社会女性（带有男性偏见的社会中的女性）和真实女性（具有自由意识的期望中的女性）两种身份，以男性的"在场"隐喻"不在场"的社会女性，将传统的男女两性间的对话转化为女性本身的外在传统束缚与内在心理自觉的冲突，消解男性"在场"的意义，从而颠覆男性的话语霸权、解构固有的两性关系。

性，写性是很困难的。对于女人来说，其难处在于性的美妙是不可探索的、不可分析的。因此，女人们都有意不去思索性的技巧。每当男人们谈起性技巧，她们便会生气，这也是出于自我保护。她们想维护的是那种自发的情感，因为这对她们的幸福是非常重要的……对

---

①瞿世镜，主编.当代英国小说[M].北京：外语教学与研究出版社，1998:274.

于女人来说，性本质上属于情感问题。①

　　对于女人来说，性的本质属于情感问题，女人因情而性，希望男人能够全身心地投入对女性的爱中，没有感情的性无法给女性带来任何的幸福和慰藉。那么对于男性呢？《金色笔记》第一章中有这样一段对话：

　　"但我知道有个问题是你们碰不到的——这纯粹是一个生理方面的问题。跟一个已经结婚十五年的女人在一起，怎样才能让他勃起呢？"

　　……

　　摩莉插嘴说："你说这是生理问题？真是生理方面的问题吗？这是感情的问题，新婚时你很早就上床睡觉，因为这里面存在着一个感情问题，它与生理没有任何关系。"

　　"没有吗？对你们女人来说是容易的。"

　　"不，女人也不容易。我们至少比你们敏感，不至于只会说生理啦感情啦什么的，好像他们之间没有联系似的。"②

　　在这段对话中，查理作为男性的"在场者"代表，从男性的视角出发评价性爱，将其归结为一种感官或者生理上的刺激，与感情完全分开，并且理所当然地认为女性在性方面不过是以"身体"的角色存在的。在这里查理作为男性的回应就是技术的回应，它是理性的、机械的

①[英]多丽丝·莱辛.金色笔记[M].陈才宇，刘新民，译.南京：译林出版社，2000:227—228.
②[英]多丽丝·莱辛.金色笔记[M].陈才宇，刘新民，译.南京：译林出版社，2000:34.

和逻辑的。摩莉作为女性的"在场者"代表，并作为一个成功女性的代表，反对查理的观点，认为性与爱紧密结合、不能分开，也就是强调女性在性爱方面的角色是身体与精神的合一。从表面来看，作为"在场者"的男女一直处在激烈的话语对抗中，包括后来出现的种种对话。虽然摩莉独立、能干、精明，但是仍然缺乏幸福感。因为她所生活的时代是一个充斥着图像和信息的时代，这个时代已经没有任何永久的东西可言。人们的目光被电视、报刊和广告上的一个又一个转瞬即逝的图像吸引，永远在渴求下一个画面，没有满足的时候，更不会停下来聆听他人的心声，与家人和另一半认真地、高效地沟通，因为作品中的人与人都陷入迷茫之中。

实际上，作者在这部小说里面从结构布局到人物塑造都运用了现代主义的创作手法。小说结构的凌乱与交错暗示着女性与男性在传统意义上的稳定结构关系已经出现危机，同时也暗示着女性在经历对自己身份角色的默认与忍受之后，开始进入反思并逐步反抗的过程，整部小说作者的视角不断变化，但不管作为作者代言人的人物名称如何改变，从女性视角出发，透视女性心理的方向始终没有改变，因此，小说中男性以"在场"身份进行的话语表达，隐藏着对"不在场"的社会女性身份的界定——分裂女性的身体与精神，定位为男性的附庸，为男性服务。女性以"在场"身份的表达，隐藏着作者对女性应该具有态度的期望，这样看来，小说中男女对待性的观点的冲突、男女两个"在场者"之间的矛盾，实际上就成了社会女性和真实女性这两种身份间的碰撞，也就是女性试图将被男性分裂的身体与精神合二为一的过程。

总的来说，在莱辛《金色笔记》中，男性角色"在场"的话语，实际上是"不在场"的社会女性的话语的传达。从表面上看，男女两性的话语冲突激烈严重，实际上只是女性自身在经历激烈的思想和心理斗争，男性话语的充分存在，恰恰是其性话语缺失的表现。

1.2.2.2 性格特质的错位

在西方的传统中，刚毅、果敢、魄力往往成为男性的专有名词，软弱、犹豫、癫狂等形容词则将女性框定在需要男性保护的附属地位。但在小说《玛拉和丹恩历险记》中，莱辛通过男女角色的三次对抗，以性格错位的方式解构西方社会由"阳物"支撑起来的父权秩序，实现女性的性格独立。

小说主人公是姐弟俩玛拉和丹恩，不幸在大陆南段莫洪迪人与被统治的石人交战时，失去父母，后来更换了姓名和身份，逃到石人村落，与一位名叫戴玛的莫洪迪老妇相依为命。因为种族之间的仇恨，两人备受欺凌，而当时自然环境的恶劣和兽类的凶残，更使他们时刻处于危险之中。随人群迁徙的途中，他们不断地遇到种种艰险。后来丹恩成了阿格尔人的将军，而玛拉则被迫成为敌对阵营中的女谍。但他们凭借求生的渴望和姐弟情深终于到达了北方，并抑制了姐弟间对乱伦性爱的渴望，最终过上了幸福的生活。

在小说的开端，作者将男女主人公置于一个黑暗的空间中，隐去男女主人公的身份，甚至剥夺了两人的话语权，从而在一开始就架空了传统男性叙述视角和男权社会背景。在躲避山洪的逃亡之路上，男女主人公的名字被重写，暗示着作者对传统话语方式的背叛，而姐姐对弟弟的一路照顾，也暗示着这种照顾将会贯穿小说始终。

在暂时逃离洪水威胁的日子，收养玛拉的老妇人戴玛发现她初潮来临，便警告她要特别当心男人的性器官。因为在那样的生存环境里，怀孕意味着死亡。

从那以后，玛拉就开始用新眼光看待每一位男性和男性生殖器官，但她无法想象自己没有抵御的能力。虽然玛拉思考过之后，认为没什么可担心的……但为了戴玛，她还是提高了警惕，因为戴玛一直忧心忡忡，为她担惊受怕——玛拉从来没有见过戴玛如此焦虑不安。①

　　这是男女角色的第一次对抗。此时男性角色虽然"不在场"，却隐藏着男性无处不在的控制力，而这种控制力通过早已成年的女性的灌输，植根在每一个步入成年的女性的心理与思想中。作者在这里的描述是为了强调，从女孩成人的那一刻起，就一直生活在男性强权——阳物恐惧的阴影下，尽管女性在成年以前似乎并未感受到男性的威胁，但男权的传统总是会通过惯性（男性的暗示或者受害女性的焦虑）让这种未知上升为恐惧。而怀孕意味着死亡，则暗示着一旦怀孕，女性的角色便被定格为妻子、母亲，活动范围也被限制在家庭。女性在这种阴影下生存，实际上丧失了个人的话语权，个人空间被挤压在私人领域的狭小空间中。

　　但小说并没有停留在对男性强权和女性恐惧的突出强调上，随着情节的发展，情况发生了变化。在姐弟俩决定出走后，作为男性角色的丹恩逐渐陷入恐惧中，曾经被认为是女性特质的无助与柔弱在他的身上表现得越来越明显，尽管在刚刚出走的阶段，丹恩似乎一直以男性的勇敢保护着玛拉，但在他的内心中，始终觉得姐姐才能带给他温暖和安全。当他们寄宿在戴玛家里的时候，丹恩总是离不开玛拉。在精神上，他更需要玛拉，他总是要求玛拉给予他同情、关心和安慰。在两人相处的过

―――――――――

① [英]多丽丝·莱辛.玛拉和丹恩历险记[M].苗争芝，陈颖，译.南京：译林出版社，2007:82—83.

程中，玛拉和丹恩在男性和女性交织的空间中相互扶持，设法给他们的生活创造意义。由于玛拉在精神层面占了上风，而且后来两人又一起和老妇人戴玛生活，空间里回响着的大部分是女性的声音和话语。玛拉和丹恩一直在与外部环境做斗争，力图维护自己的内心空间和信仰，以抗衡各种形式的苦难和压迫。虽然这个过程充斥着不断的妥协和无奈，却仍然保留了玛拉的尊严。然而随着时间的推移，姐弟两人都慢慢地学会了变通和忍让。而戴玛的出现意味着女性空间被拓展的可能性，显示了一个变化中的社会和一个变化中的家庭。戴玛的家成为了姐弟二人恢复元气、寻找安定和生活平衡点的温馨驿站。戴玛本人年龄很大，像玛拉的奶奶和姥姥。她的黑发中夹杂着灰色，腿上有静脉曲张形成的小包，手又瘦又长，可以说戴玛的女性特征随着岁月的打磨已经变得不明显。但是她的行为让两个孩子感受到了母爱般的呵护，原本简陋和破旧的房子在两人眼中也变得可爱，这是他们对戴玛母性关怀的肯定。可是后来因为女性空间的不断膨胀，弟弟感到了不安，于是逃走了。

"戴玛坐在石床上，看玛拉如何照顾弟弟。'好了，没事，没事。'玛拉一遍遍地说。"[1]玛拉在经历过种种磨难后逐渐变得坚毅、充满智慧。比如在进入切洛普斯，因为污染水源被法庭审讯时，玛拉一直在做着辩护，而"丹恩自从手腕被绳子捆上，就变得无精打采、沉默不语，好像已经放弃了希望。他低着头站在姐姐身边，时而颤抖一下，始终没有抬头。"[2]传统的男性保护女性的模式被颠倒为女性保护男性，解构了男性固有的话语强势地位。

但随着两位有生殖力的男性的出现，第二次对抗出现：梅里克斯、

---

① [英]多丽丝·莱辛.玛拉和丹恩历险记[M].苗争芝，陈颖译.南京：译林出版社，2007:29.
② [英]多丽丝·莱辛.玛拉和丹恩历险记[M].苗争芝，陈颖译.南京：译林出版社，2007:162.

奥莱克都想让玛拉成为传宗接代的工具，暗示着传统观念对女性身份的两种界定——生殖工具和男人的附庸。经历了第一次对抗，目睹"阳物"衰弱过程的玛拉已经从幼时对"阳物"的恐惧阴影中走出，坚持自己理想的性别身份，从而采取拒绝的态度。

"'我不知道该说些什么，'她对他说，'很难过没有给你机会证实你和你父亲一样有生育能力。我会一直为这件事感到悲伤的。不过，这样也好——如果我怀孕了，或者生了个孩子，我现在会做什么呢？'"①玛拉在这次对抗中的拒绝，实际上是拒绝了传统男性话语对女性身份的规定，同时也嘲笑了男性在"性"上表面强势下的脆弱心理，女性性别身份独立意识明显。而这个时候的丹恩一直陷在恶劣环境的摧残中，只能在姐姐的保护下恢复生命的缘起，迎合了小说开始阶段姐姐对弟弟的照顾。

在小说的最后，玛拉和丹恩历尽千辛万苦找到自己的本族，本族的人为了种族的延续，希望玛拉和丹恩能够结合，"这种通婚方式在动乱年代可以保持政权的稳定性"②。于是第三次对抗出现：

"为什么，玛拉，为什么不允许兄妹、姐弟之间相爱？为什么不能？"

……"到底是谁制定了这样的法律？"

她说："我告诉过你，这是自然法则。我在中心看到过解

---

① [英]多丽丝·莱辛.玛拉和丹恩历险记[M].苗争芝，陈颖，译.南京：译林出版社，2007:211.

② [英]多丽丝·莱辛.玛拉和丹恩历险记[M].苗争芝，陈颖，译.南京：译林出版社，2007:462.

释。"①

在这次对抗中，面对乱伦的诱惑，丹恩不惜放弃后代试图接受这一计划，完全陷入一种疯癫的状态，这是对自诩为理性代表、强调种族延续重要性的男性的绝妙讽刺。通常来说，"疯癫"这种特质是传统男权文学观中经常赋予女性角色的特质。比如说罗切斯特的妻子就是一个疯女人，作品中没有对她予以交代，产生的空白，反而对罗切斯特进行了控诉，于是男权主义被颠覆了。《雷雨》中周朴园的家里同样有一个幻想着要超越封建道德、追求自由的繁漪。而这些形象，正是女性创造力和颠覆性的曲折表现，隐喻着女性对男权秩序旁逸斜出的抗争和坚定的抵抗，预示着女性作为现实中被无端压抑和扭曲的弱者潜藏于内心中的强者愿望的实现。然而此处莱辛把疯癫的特质赋予丹恩，表示作者不但要女性在父权社会制造的不公正、束缚、压抑、惩罚的残酷事实中奋起反击，同时男性也要竭力从女权主义者被漠视、被否定的尴尬生存状态中抽身而出。因为这种痛苦意识总是与主体性的丧失有关，丹恩和玛拉有时会感觉到无法主宰自己，导致他们失去统一的、完整的自我感觉。而这种感觉使他们处在一种无身份和异化的状态之中。最终，同样经历情欲与理智冲突的玛拉克服了自己的冲动，同时说服了意志动摇的弟弟，避免了乱伦的惩罚，也为自己的性别身份赢得完全独立。

莱辛在小说中为玛拉设置的三种对立，从表面看是为了反映女性生存环境的恶劣，但实际上是描述了女性对男权（阳物）由恐惧到拒绝最后到独立的抗争过程，而最后玛拉对丹恩的说服，彻底颠覆了传统两性

① [英]多丽丝·莱辛.玛拉和丹恩历险记[M].苗争芝，陈颖，译.南京：译林出版社，2007:497.

话语关系中的男性强势地位。而当姐弟俩结束了逃亡的生活以后，经过岁月的流失和灾难的洗礼，两人（同时也代表两性）的对立逐渐在走向对话，走向统一。

1.2.2.3 生存领域的互换

在男性看来，女性性快感的获得需要男性的爱抚，性格上的缺陷又需要男性的呵护，因此，女性在社会公共领域根本不能独立，只能作为男人的附庸存在，作为具有理性特质的男性，理所当然地掌握公共领域的话语权和决策权，女性只有在家庭、看护所这样相对私人的领域中才能获得身份认同。朱莉娅·克里斯蒂娃认为，很多女性的身份实际上是分裂的，因为她们不得不在职业需求和家庭责任之间保持平衡："女性在性和物质上的独立，有助于她们创造一种自主的、有成就的和有社会价值的形象。我们可以看见一种快乐的解放（'我们的生命是我们自己的'，'我们的身体是我们自己的'），但同时，我们却也听见女性在表达自己深藏的痛苦……媒体大量地谈论在家里呆着，可一旦丈夫和孩子离去后这个家就常常变得空空荡荡。"①

在小说《简·萨默斯的日记》中，莱辛围绕两个家庭中的男女关系，以一种冷峻的笔调刻画了两个近乎冷酷的女性形象，以男女两性生存领域互置的方式，解构了男性在公共领域的话语霸权。在这部小说中，男人可以有女人的性格和情感，女人可以有男人的性格和情感，这只是视角的不同而已，实际上他们都是具有生命的个体，而生命具有同一性。只有相互的理解和视角的转换才能使我们更深刻地理解对方，体验和谐的魅力。而这正是这种角色的对应和男女性格倒置的世界带给我

---

① [英]丹尼·卡瓦拉罗.文化理论关键词[M].张卫东，张生，赵顺宏，译，南京：江苏人民出版社，2006:71.

们的对生命的感悟，也是莱辛的苦心所在。

简是一个将工作视为生命全部的"事业女性"。她既有女性特有的敏锐、矜持，又展现了男性常有的精明、干练、精力充沛，整天陶醉在工作为她带来的无限荣耀和巨大成就感之中，以至于几乎意识不到家庭、感情的存在。

在我开始工作的时候，我还不到二十岁。当我回顾自己的生活，带着愉快的心情，最强烈的感觉是——我证明了自己是有能力的。①

丈夫的妻子、孩子的母亲，这些对女性角色的传统界定，统统被简对丈夫的冷漠、对孩子的厌恶之情否定。传统上对两性"势力范围"的划分，也被彻底颠倒。丈夫弗雷迪深爱着简，简却通过拼命工作来排斥丈夫想与自己交流沟通的愿望。

莱辛在这部小说中，一共描述了两个家庭。简的家庭中男性角色（丈夫弗雷迪）从一开始就处于缺失状态，所有有关他的介绍都是在他死了以后简的回忆，男性角色不仅在工作中彻底消失，在家庭中似乎也寻找不到自己的位置。简虽然结了婚，但是从未生育过孩子，与丈夫也很少有感情和思想的交流，即使丈夫死去时，她也没有多少痛苦的表现。另外，她和自己母亲的感情也很隔膜、疏离。简所生活的世界让人们越来越多地把感情投注在工作和消费形象里，越来越深地陷入沟通的失语中，从而发展得越来越严重，人与人之间的隔绝也日益严重。如果说莱辛通过这个家庭故事的演绎对男性的解构近乎残酷，那么在另外一个家庭中，解构则是通过男性在场的叙述完成的。

---

①[英]多丽丝·莱辛.简·萨默斯的日记[M].北京：外语教学与研究出版社，2000:281.

瑞查德（Richard）是个杂志社的主编，可他很少对杂志社的事情做出最后判断，整天只顾打电话聊天，约人吃饭。结婚以后，面对在工作上近乎疯狂的妻子，他几乎放弃了所有工作，担当起了在传统观念中本是女性应该承担的角色——照顾孩子、固守家庭，甚至为了妻子能够更好地发展，放弃自己拥有的一切。做这一切的根本原因，在于他爱他的妻子，因此在他看来，妻子的成功就是自己的成功。

她很成功；我嘛，还算说得过去，不过她的成功就是我的成功。[①]

因此，莱辛在小说《简·萨默斯的日记》中，以两位具有男性特质的女性生活为主线，挑战着传统社会对女性角色的界定和对其"势力范围"的划分；同时通过对两个"在场"和"不在场"（简的回忆）男人的形象、性格、生活的陈述，颠覆了传统的两性模式。

1.2.3 男女两性平等

莱辛小说对女性生存困境的关注和对女性自由的探讨解构了男女两性传统的二元对立，受到各国女权主义者的青睐，她的成名作《金色笔记》一经出版，便被奉为"女权主义者的《圣经》"，《纽约时报》更是赞叹："该书在整整一代年轻女性的脑海里打下了印记"，它"唤起了一代人的觉悟……"

但是，受到女权主义者追捧的莱辛似乎始终没有把自己划归到女权运动的阵营中。尽管在《金色笔记》的序言中她曾郑重地警告一些男性："他们居然认为：'女人全都是胆小鬼，这是由于她们身为奴隶的

---

①[英]多丽丝·莱辛.简·萨默斯的日记[M].北京：外语教学与研究出版社，2000:468.

时间太久远,真正敢于同自己深爱着的人一起捍卫她们的思想、感情和经验的人毕竟是少数。'"但她在《金色笔记》1971年的再版序言中却明确表示:"就妇女解放这一论题,我当然是支持的,因为众多国家的妇女都在竭尽全力地说自己是二等公民,单就她们的话有人听这一点,我认为她们是胜利了,早先有很多人冷漠地说我支持她们的目标。其实我不喜欢她们那种尖叫声和令人作呕的样子……这部小说,决不是妇女解放的号角。"面对风起云涌的女权运动,莱辛也颇多微词:

我觉得妇女解放运动不会取得多大成就,原因并不在于这个运动的目的有什么错误之处,而是因为我们耳闻目睹的,社会上的政治大动荡已经把世界组合成一个新的格局,等到我们取得胜利的时候——假如能胜利的话,妇女解放运动的目标也许会显得微乎其微,离奇古怪。[①]

为了摆脱这种女权主义偶像地位带来的沉重负担,莱辛甚至不惜在新出版的小说《裂痕》(2007)中从男性视角出发,将慵懒和自以为是赋予女性,男性则被刻画得富有冒险和创新精神。从莱辛对这些形象的塑造中,我们不难发现她所具有的女性原则就是女性的美德和品质。它不仅作用于女性本身,也作用于男性,甚至在某种程度上超越了为社会首肯的男性原则。

莱辛对女权主义运动的冷漠态度在于她始终认为男女间并不应该存在尖锐的对立,因此,她对男女传统关系的解构不是为了纯粹追求建构女性话语从而走向另一种极端,实现新的二元对立,而是希望通过女性

---

① 瞿世镜,主编.当代英国小说[M].北京:外语教学与研究出版社,1998:272.

的自觉实现两性在精神与社会生活中的彼此依赖、相互融合，达到"双性同体"的理想状态。她认为语言本身并没有什么性别之分，非理性地追求所谓的"女性话语"有可能引发两性之间的对立甚至是斗争。莱辛所主张的是寻求一种男女两性所共有的文学语言。

无论是简的形象还是安娜的形象，莱辛赋予她们身上的内涵虽都存在着各种对立的特征和品质，但是这些矛盾和冲突是可以被化解并成为一个和谐整体的。由此，莱辛将自己所赞同的雌雄同体、两性和平共处理想以小说的形式做了一个艺术性的阐释。从对立走向和谐统一的基础是男女双方都在尝试着通过自己的方式和对方及与世界充分地沟通。女性用耐心和内省，男性用理性和倾听。他们共同的努力和目标都是要从各自破碎的文明中走出来，形成一个统一的整体。实际上，"男性和女性共同构成的人类本来就是一个统一体，只是因为在发展的过程中，牺牲了某一方的平等权利，形成了男女之间的主从关系。今天，随着社会文明程度的提升，并且男女两性正在走向大致相当的社会和经济地位，再加上共同的自然界所构成的大体近似的心理和外部环境，必然使男女在精神上和品质上日益和谐，当今的世界已是男女两性沟通、对话的时代了。"①

事实上，在莱辛之前，伍尔夫就已经具有"双性同体"的创作理念，在她看来：

我们必须回到莎士比亚那儿，因为他是雌雄同体、两性合一的；济慈、斯特恩、柯伯、兰姆、柯勒律治都是如此。雪莱或许是无性的。……任何作者只要考虑到他们自己的性别，就无可救药了。纯粹

①孙邵先.女性主义文学[M].沈阳：辽宁大学出版社，1987:138.

单性的男人和纯粹单性的女人，是无可救药的；一个人必须是男性化的女人，或女性化的男人。……男女两性因素必须有某种谐调配合，然后创作才能完成。①

　　莱辛和伍尔夫一样推崇"双性同体"的理念。然而，在伍尔夫的小说里，我们更多看到的是"表面形式的融合下面却涌动着不和谐的暗流。在乌托邦的幻像中，映现着死亡的阴影"。莱辛却是"试图通过分裂的形式再现人们现实生活中渴望融合的心理真实。在现实的绝望中，映现着理想的光芒"。②

　　一种是希望里的绝望，一种是绝望后的希望，两种不同的表述方式和叙述思路实际反映了伍尔夫和莱辛对待妇女解放的不同理解。伍尔夫提倡的"雌雄同体"是来提倡一种同时蕴含女性与男性的优秀素质的完美创作境界的，认为女性应该用一种"雌雄同体"的心灵进行创作。而在莱辛的作品中，她既不排除差别，也不排除男性或者女性，她用这种带来多重可能性的"雌雄同体"来颠覆男权文化的二元对立和等级制，这是两人观点的不同之处。

　　在莱辛诸多探讨女性生存困境和女性自由的小说中，几乎所有的女性角色都是在男性眼光的审视中经历着精神和身体上的双重折磨，在一种男性眼光的规定中经历着约定俗成的束缚和女性渴望情感释放间冲突的焦虑，在政治场、家庭中，甚至文学创作领域，男性都是女性不可或缺的精神支柱和依赖。在被女权主义者推崇的《金色笔记》的最后，我们发现，"自由女性"安娜经历了男权社会带给她的精神崩溃后，正是

①弗吉尼亚·伍尔夫.论小说与小说家[M].瞿世镜，译.上海：上海译文出版社，2000:62—63.
②王丽丽.追寻传统母亲的记忆：伍尔夫和莱辛比较研究[J].外国文学，2008（1）:44.

在索尔的帮助下，才将凌乱、分裂的各种笔记合成一个整体，以前停滞不前的文学创作才得以继续。如果我们的思考仅仅停留在这是作者对男女不平等现状的简单呈现，或者说是为了通过呈现来揭露男性带给女性难以弥补的创伤，以解构存在已久的不平等的两性关系的话，未免流于表面。事实上，作者正是希望通过这种分裂后的整合来思考，女性是否在经济上、情感上和心理上可以完全摆脱男性的控制，是否可以在生理上拥有和男性一样的主动权。在解构传统性别模式的《简·萨默斯的日记》里我们看到，当简与瑞查德谈论他对妻子的爱与支持时，面对瑞查德的反问，简不禁想到了自己的丈夫，开始反思自己的过去：

我坐在那，感觉到几个月来我对抱有弗莱迪的幻想已经到此结束了……①

因此，女性的自由与自觉不能将男性排除在外，因为"对女人们来说，重要的不是把她们从婚姻中解救出来，而是要提高婚姻的质量。"②剥离了情感和自身特质的女性并不是一个完整的女性，两性真正的关系应该是在男女互相尊重基础上的一种和谐，这是她的一种理想，也是努力的方向，但在小说中始终采取隐喻的手法表现，就像《金色笔记》中安娜在恍惚中听到的声音：

"亲爱的安娜，我们并非如我们想象的那样是失败者，我们终其一生地努力着，使人们不至于像我们那样愚笨，让其接受伟人们早已

---

① 王丽丽.追寻传统母亲的记忆：伍尔夫和莱辛比较研究[J].外国文学，2008（1）:43.

② Ruth Whittaker，Modern Novelist Doris Lessing[M]. New York:St.Martin's Press，1988:68.

懂得的真理。你和我，我们将穷极一生地，用尽我们全部力量，全部的才智将那块圆石往山上推进哪怕一英尺。"①

　　这实际就是莱辛对自己理想不懈追求的心声。"女人所需要的不是作为女人去行动或占上风，而是像一个自然人那样得到成长，像智者一样去分辨一切，像灵魂一样自由自在地生活，展示她的各种才能"。②

　　莱辛运用现代主义的隐喻、现实主义的直铺叙事手法，通过对两性间性本质的分析（分裂女性身份，将男女对抗转化为女性自身的现代与传统意识的碰撞），到性格特质的讨论（错位两性性格，颠倒传统视角对两性性格特质的界定），再到生存领域重新划分（生存领域互置，将女性从家庭这一私人领域推到社会的公共空间），三个阶段对男女两性关系进行解构。从以上叙述来看，莱辛似乎是在不同的小说中完成这个解构的过程，实际上，在很多小说中莱辛都贯穿了这样一条主线，只是在每部小说中围绕着不同的突出点来完成这一叙事。同样，莱辛对男女两性关系的解构与重建并不只限于这三部小说，而是贯穿于她的整个创作历程。通过解构男女两性关系的方式，表现出男女两性之间并不需要其中一性压倒另一性，相互理解才是生活和谐的重点。

1.3 对人神关系的解构

1.3.1 从"上帝中心"到"理性中心"

在西方传统的上帝信仰中，上帝是至高的绝对者，因此，在整个中

---

①[英]多丽丝·莱辛.金色笔记[M].陈才宇，刘新民，译.南京：译林出版社，2000:662.

②[美]富勒.十九世纪的妇女，转引自约瑟芬·多诺万.女权主义的知识分子传统[M].赵育春.译.南京:江苏人民出版社，2003:48.

世纪，人类都活在上帝的影子里，尽管是"海里的鱼、空中的鸟、地上的牲畜和昆虫"的管理者，但始终无法摆脱原罪的折磨，人类的理性被上帝的光辉彻底掩盖，每个人都习惯于在内心的祈祷和希冀中寻找精神的寄托和生活的意义。上帝的光辉成为一切意义的来源。

但文艺复兴运动刺激了人类沉睡已久的理性。这一时期的文学作品主张个性解放，反对中世纪的禁欲主义和宗教观；提倡科学文化，反对神权，要求打破教会对人们思想的束缚；把思想和情感从作为神学和经院哲学基础的一切权威和传统教条中解放出来；哥白尼、布鲁诺分别发表《天体运行论》《论无限性、宇宙和各个世界》《论原因、本原与太一》等著作，指出太阳并不像宗教神学里面宣扬的那样是宇宙的核心，只是太阳系的核心而已，从而动摇了神学建立在"地心说"基础上的体系；英国解剖学家哈维通过大量的动物解剖实验，发表《心血运动论》等论著，系统阐释了血液运动的规律和心脏的工作原理，动摇了上帝造人的权威。等到启蒙运动，科学进一步发展，在卢梭、孟德斯鸠、牛顿等人的推动下，启蒙运动以比文艺复兴更彻底的姿态将矛头直接指向教会的腐败与欺骗，要求建立一个以"理性"为基础的社会。在他们看来，正是由于宗教势力对人民精神的统治与束缚才导致社会停滞不前、人民愚昧无知。因此必须树立理性和科学的权威，以打破宗教信仰的笼罩。笛卡儿提出"我思故我在"，主张用人类的"思"来取代"上帝"的原点地位。把人类的理性作为衡量一切的尺度，不合乎人的理性的东西就没有存在的权利。因此，人类的解放与发展，不再是靠自我的赎罪和上帝的拯救，而是靠对自身理性的信任和挖掘。

1.3.2 莱辛笔下的"上帝死了"

上帝让位于人类理性并没有一劳永逸地解决人类所有的问题，当人类沉浸在科技理性带来的极大丰富的物质中时，发现精神却面临无处安放的窘境。上帝之说在经过世俗的包装后试图卷土重来，引发了人往何处去的激烈争论。面临这些不休的纷争，莱辛通过小说《玛拉和丹恩历险记》中上帝对人类的惩戒，表达自己坚决反对上帝"复辟"的立场，通过模仿圣经故事发展顺序的策略，逐一解构信仰上帝的信条，凸显人类的生命伟力。

1.3.2.1 上帝的惩戒

在《玛拉和丹恩历险记》中，整个世界呈现出令人窒息的荒蛮与恐怖。自然界的洪水侵蚀、干旱困扰，人类社会的战争暴力、毒品交易，将一切美好和温馨彻底撕碎，整个地球呈现出哀鸿遍野、死尸遍地的荒原景象。环境的恶劣导致人类性能力的退化，生育方面的困境将人类几乎推向灭绝的边缘。于是，具有性能力的男女完全成为生育的机器，人类有别于动物的情感体验被压缩成对子孙后代的机械渴望，维持社会稳定的伦理让位于延续种族的需要。

这条法规就是：如果有关各方同意，一个男子可以有两个妻子，一个女人可以有两个丈夫。制定这条法规是因为当时人们的生育能力明显降低，孩子日渐减少，流产情况增多。为满足这种需求，社会道德规范也发生了变化。①

满目疮痍的世界图景，濒临灭绝的生物种族，玛拉与丹恩作为人类男女两性代表一出场及不断面对的环境，与《圣经》中上帝对包括人类在内世界万物的惩戒相差无二。

---

① [英]多丽丝·莱辛.玛拉和丹恩历险记[M].苗争芝，陈颖，译.南京：译林出版社，2007:186.

但是，按照《圣经》的记载，因为人类做出了太多违背上帝旨意的事情，上帝才决定对人类实施惩罚，但并没有打算亲手毁灭自己创造的世界万物。于是，让很守本分的挪亚准备一个方舟，保留了万物的物种，可是，玛拉和丹恩出场的背景却被悬置，究竟是什么原因导致两人必须面对这样的环境，作者留下了空白。因此，莱辛通过背景交代的空白，首先将上帝置于不在场的状态，给读者留下想象的空间。这种设置上帝不在场的手法，究竟是为了在以后凸显不在场的处处在场，进而强调上帝的无处不在，还是从根本的原点上就忽略了上帝的存在？

1.3.2.2 拯救的缺席

按照《圣经》中《创世记》的记载，上帝对人类行为施以惩戒之前已经做好了地球上各物种重新生长发展的准备。因此，方舟变成了拯救人类的上帝的恩赐，即便是面对生存的绝境，挪亚依然在上帝的授意和保护下等到重建世界秩序的时机。因此，对上帝信仰的支撑，成为包括人类在内的世界万物的寄托所在。

依照《圣经》的说法，挪亚全家走出船舱，成为地球上的新主人，飞禽走兽都惧怕他们，地上的昆虫和海里的鱼都受他们管辖，而且上帝以彩虹为记号与他们立约，发誓不再灭绝人类。但是在《玛拉和丹恩历险记》这部小说中，我们始终没有看到信仰的力量，更多的是人为的拯救。在玛拉和丹恩首次出场面对洪水侵袭的时候，是两个及时出现的背影模糊的大人拯救了他们，二人不畏艰难险阻，一路护送孩子到安全地带。

在姐弟两人为了生存迁徙各地的途中，他们靠着相互鼓励和求生的欲望克服了各种自然灾害和动物的侵袭：

昆虫队伍的前部已经到了河对岸，正朝山上爬去。"快点。"

丹恩说着继续往下跑，但并没有完全不顾玛拉，玛拉跟在后面，浑身发抖，这次不是因为虚弱，而是因为害怕。……她有些慌乱，急于上岸，但他拉住了她……他跋涉到对岸……然后冲她点点头，示意她上来。①

　　当玛拉和丹恩历尽千辛万苦终于找到一片可以栖息的地带时，曾经因为环境恶化几乎丧失的生殖能力逐渐恢复，人们开始带着新生命，憧憬未来。本质上人的生存本能和所有生物在欲望上的本能是一样的，因为从生命诞生的开端，生物就注定了要为继续存活下去而不断挣扎努力，玛拉和丹恩经历的艰难险阻都是为了生存。信仰被认为是人类在精神方面的本能，在特定的时间和空间，信仰甚至能超越人的生存本能，让人完成不合常理甚至极端的事情。通过小说的描述可以看出，作者从玛拉和丹恩一出场到迁徙再到最后选择归宿的整个过程中从没有谈及信仰的存在。在叙述的过程中，莱辛通过对"船"和"神"的意象的描述，彻底地颠覆了《圣经》塑造出的上帝拯救和上帝形象。其中描写的船并不像《圣经》中塑造出来的挪亚方舟，是人类的避难所和生命与未来的希望。玛拉第一次见到船的时候反而感觉船上并不安全舒适，到处都散发着浓浓的寒酸味，水蝎子也在水里观望着船上的人，大家都在保持警惕，载满了人和动物的船比危险的土地上好不了多少。人们都是各种危险动物捕食的对象，食物和饮用水也几近耗尽，上了船的人同样时时刻刻面临死亡的威胁。

　　《圣经》中的挪亚方舟（船）被描述为世间万物的避险之所，但在

<hr />

① [英]多丽丝·莱辛.玛拉和丹恩历险记[M].苗争芝，陈颖，译.南京：译林出版社，2007:109.

这里（船）仍然是一个危机四伏的普通交通工具，甚至让人厌恶，类似的描写颠覆了上帝"拯救"意义的存在。

> "寺庙是什么？"
>
> "是供神的地方。"
>
> "什么是神？"
>
> "一种看不见的、掌管人们命运的生灵。"
>
> 接下来是肆无忌惮的玩笑和猜测。①

此时，上帝和寺庙的神圣被肆无忌惮的玩笑和猜测彻底颠覆，不再高高在上，让人敬畏。由此可以看出，上帝的不在场是作者在原点上的忽略，而不是为了显示他的处处在场。

1.3.2.3 原罪的剥离

当玛拉和丹恩面对上帝惩戒人类同样的环境，却靠自己的力量而不是上帝的拯救走出困境时，神性已经让位于人性。那么，许多故事的源头，人类的原罪，也就失去了合法性。两个主人公从环境恶化、战乱纷纷的非洲大陆向北方迁徙，很像是人类被逐出伊甸园后被上帝惩戒的场景，也很像《圣经》中的摩西出埃及记。

但是，玛拉和丹恩的出走并没有得到上帝的预示和支持，只是一种生存欲望的驱使，上帝从一开场的背景中就被作者悬空，只是两人一出场就遭受了和《创世记》中人类遭受上帝惩戒相似的图景，为读者留下了想象的余地，但玛拉和丹恩没有得到任何外在帮助和最终拒绝近

---

① [英]多丽丝·莱辛.玛拉和丹恩历险记[M].苗争芝，陈颖，译.南京：译林出版社，2007:200.

亲结婚，恢复以前王国种族的做法，完全不同于摩西那样担起复国的重任，而是最终栖居在安宁的农庄。整部小说根本没有信仰的支撑，只是人本身生命本能和生存本能的呈现。因此，玛拉和丹恩作为人类两性的代表，历尽的千辛万苦，并不是对原罪的恐惧和忏悔，以求得上帝的宽恕，而是为了实现人类自身生存和繁衍的救赎。

因此，莱辛在《玛拉和丹恩历险记》这部小说中，通过上帝的惩戒（小说开端的洪水场景也令人想到《圣经》中的《创世记》），到上帝拯救的缺失（洪水同样的凶猛，但是玛拉和丹恩从始至终都没有得到上帝给予挪亚的同样帮助，他们只能用人自身的本能，靠自己来躲避这场劫难），到消除了人身上原罪的叙述线索，颠覆了上帝存在的依据和作为人类依靠原点的合法性，彰显了人类自身顽强的生存能力和人类旺盛的生命力。

1.3.3 神性与人性的合一

"上帝死了"是尼采对西方文艺复兴、启蒙运动，特别是笛卡儿高扬理性以来人类道德、精神依靠转移的概括。通过这一宣言，尼采摒弃了一直以来在西方文化中存在的超感性的形而上，以"最高价值的罢黜"将人类外在的信仰推向了虚无的境地。在颠覆基督教和传统哲学的最高价值之后，欲以"生命"的欲望与意志取代理性的最高价值地位。

随着人类原点由上帝让位于理性，人类对自然界及社会的认识与解释不再诉诸外在的遥不可及，而是回归自身的力量。以个体为本位的权利型伦理的确立使得人类试图通过征服、改造外在的客观对象——社会与自然来表征自己的伟力。于是从"自我"出发对于"他者"的征服和占有便取得了合法性地位，成为现代西方社会重要的文化特征。科技的飞速发展又给人类的征服力量带来跨越式增长，让人类更愿意相信自我救赎才是人类存在的根本途径与意义。

但是，上帝的让位并没有让人类欢欣太久，工具理性的冰冷让人类的情感寄托始终找不到温暖的感觉，内在道德的自律又对人类的欲望提出了太高的要求，于是，人类在欢呼解放的同时又陷入失去方向感的危机中，正如艾略特在《荒原》中的恐怖描写，人类的精神在工具理性的繁荣里一片荒芜。那么，上帝死了，是否就意味着人类不再需要信仰？自身的理性信念足以取代意味生存的挪亚方舟？但现代社会人类的异化让德国思想家西美尔不无担忧地说："现代人不再信仰传统的宗教，但现代人又仍然需要宗教。"①于是上帝之死就处于一种尴尬的境地，人类在彻底抛弃他的很短时间内，又开始寻找他，只不过抛弃又被召回的上帝光芒已不再如往常那般耀眼，相反却有了人性，这种试图将人性和神性合二为一从而既维护理性尊严又寻找到情感寄托的行为，为激进世俗神学家加布里尔·瓦哈尼安找到了上帝世俗化的现实依据。在他看来，上帝之死只是完全脱离人的不可触摸的上帝死了，真正的上帝还存在世间，所以人类的信仰不过从彼岸世界转到了此岸世界，并不意味着信仰的消失。

那么，创作出盛赞人类伟力的《玛拉和丹恩历险记》这部小说的多丽丝·莱辛，又如何解释自己小说中的"上帝死了"呢？

在这部小说中，如艾略特荒原般的景象贯穿小说始终，似乎是在暗示着人类信仰的缺失与精神的荒芜，但是玛拉和丹恩凭着个人生存的欲望克服万难最终觅得栖息之所的经历，真实反映出这些令人窒息的环境描写不过是充当了凸显两人旺盛生命力的舞台背景。那么，这种时时凸显的生命力是不是就是自笛卡儿以来取代上帝地位的理性呢？从全书的描写来看，玛拉和丹恩只是在恶劣的自然环境中保住了自己的性命，并

---

①[德]西美尔.现代人与宗教[M].曹卫东，等，译.北京：中国人民大学出版社，2003:25.

没有实现对自然的征服和控制，反而在地球的过去与现在的变化间反思人类理性带来的文明，以及这种文明给人类带来的最终命运。因此，莱辛在解构以上帝为中心的人类信仰的同时，也解构了以理性为中心的人类信念，将上帝和理性这两个原点彻底颠覆。

"这是冰。"坎达斯解释道，"……他们说大约在两万年以前，也可能更久远——在这里没有冰和雪。"①

玛拉了解这些，因为她曾经经历了这一切。在她的脑海中，现实的一切正以它那巨大的力量挣扎着，然而同时，这份力量又显得那么微不足道。

那么，莱辛对生命力的推崇，是否和尼采的"权力意志"相吻合？欲以肯定生命的酒神精神，来取代传统的形而上学和现代理性，将在神学和理性束缚下的人类，重塑为依靠"权力意志"的"超人"？在小说的最后，莱辛通过玛拉和丹恩的对话，揭示出她推崇的生命力量，并不就是尼采推崇的迷狂的酒神精神，而是人性中的爱的力量。正如她自己所说："一切文明尽成废墟后，唯有人性中爱的力量支持我们继续前行。"但是这种爱不是中世纪以来由爱上帝自上而下发展出的爱世人，而是源自人类本性的情感交流，但是这种本性的自然流露又没有离开理性的伦理规范。

"玛拉，诚实的说，不，告诉我真相：你每天早上醒来的时

---

① [英]多丽丝·莱辛.玛拉和丹恩历险记[M].苗争芝，陈颖，译.南京：译林出版社，2007:241—242.

候，想到的第一件事是不是今天你要走多远……我们两个人一起走……"①

事实上，在后现代理论视野下，人类对理性的过分依赖导致人类自身的异化，因此，在经历上帝之死以后，人类又面临着自身死亡的危机，于是在高呼"我思故我在"高扬人类理性后，感性释放、身体解放的宣言又将人类推向了欲望与消费的极端。面对上帝→理性→欲望的原点转换，莱辛显然没有随波逐流。在对上帝信仰和理性依赖进行解构之后，莱辛没有走向欲望的一极，而是试图在理性和欲望之间寻找一个结合点，让人类依靠这种结合点体现出来的人性之爱，实现和谐发展。从而实现了莱辛对上帝到理性再到欲望转换的结构之后，完成了信仰→信念→信心的重建。

韦伯曾对现代社会进行分析："我们的时代，是一个理性化、理智化，总之是世界祛除巫魅的时代；这个时代的命运，是一切终极而最崇高的价值从公众生活中隐退——或者遁入神秘生活的超越领域，或者流于直接人际关系的博爱。"②通过这部小说我们可以看出，莱辛对人类信仰上帝的解构，并不是为了让人类处于一种没有信仰的精神荒芜的境地，也不是为了过度地凸显人类理性的力量，而是让人类对上帝的信仰由外而内地转到对个人内在生命力量——"爱"的礼赞上，用"直接人际关系的博爱"推动人类前行。

---

① [英]多丽丝·莱辛.玛拉和丹恩历险记[M].苗争芝，陈颖，译.南京：译林出版社，2007:503.

② Max Weber. Essays in Sociology[M].Trans. and ed. by H. H. Gerth and C. Wright Mills. New York: Oxford University Press，1946:155.

1.4 对人际关系的解构

1.4.1 西方文化语境中的"自我"与"他者"

英国学者迈克·克朗（Mike Crang）在《他者与自我》一文中谈到："占主导地位的群体总是把当作客体的群体排除在外，并将自己的恐惧和欲望投射到他者的身上，并通过排除他们所恐惧的事物来建构自己的特性。一般而言，人们一贯的做法是把自己害怕的缺点投向他人。所以，对某一群体的归属条件之一，就是把恐惧和厌恶投射给别人。"[①]自20世纪80年代起，"差异"问题已跃居现代思想和社会科学研究的前沿位置，并以不同的方式被不同的学科和流派所谈论。

他性应该说是对于一种作为异于已建立的规范和社会群体的存在性质或状态的暂时命名。或者，从存在论和本体论的角度讲，是一种非我的状态；人们也可以说他性指的是个人依据性别、种族和对于差异的相关感觉所做的自我与他人的区分。[②]

我们可以看到，当"人们将一个人，一个群体或一种制度定义为他者，是将他们置于人们所认定的自己所属的常态或惯例的体系之外。"[③]

由此可以看出，"他者"的树立是为了实现"自我"身份的确立，"差异"的存在则是划分"他者"与"自我"的依据。正如心理分析

①迈克·克朗.文化地理学[M].杨淑华，宋慧敏，译.南京：南京大学出版社，2005:54—56.

②Julian Wolfreys. Critical keywords in Literary and Cultural Theory[M]. London: Palgrave，2017:169.

③ Jeremy Hawthorn. A Glossary of Contemporary Literary Theory [M]. New York，Melbourne:Routledge， 1994:207.

学所强调的，一个个体的身份是不稳定的，这是由于不同的驱动力，既是有意识地也是无意识地，在其范围内相互不断竞争造成的。一个文化的身份也有类似的不稳定，这归因于在其结构中持续的紧张和冲突。虽然极权主义者可能在政治领域统一过，但没有哪种文化曾经统一过。由此，有一种让人忧虑的脆弱感和短暂感产生了。为了与这种不安全感做斗争，在他们所珍爱和希望作为他们自己的而保存的那部分，与他们厌恶并准备去除的那部分之间，社会生产出了差别。被排除的部分就组成了他者。我们不应忘记，当我们有差别地对待，或者实际上谴责他人时，我们实际上是在拒绝我们自己与完全性和稳定性的要求不协调的那些方面。"我们把一些人看作他者，发现他们是危险的，并且对他们做出强烈反应，是因为我们难以把这些局外人（stranger）归入我们之中。一个社会对局外人的处理，反映出个体对他的无意识的恐惧和欲望的态度。局外人和无意识都避开了理性的和常见的阐释。"①

但在后现代理论视野下，曾经作为合法和整一性力量的元叙事丧失了合法地位，从拉康的镜像理论到福柯的"疯癫与文明"，曾经无限乐观的人类理性被放置在一个慎重的空间中考虑，由人类理性高扬延伸出的二元对立，遭到了前所未有的危机，曾经被压制的"他者"——非理性、女性等由边缘靠近中心。为了避免对"他者"的关注导致"他者"向"自我"的转变从而形成潜在的二元对立，德里达遵循只呈现被二元对立"遮蔽"的"不在场"的策略来中断黑格尔无限循环的辩证法，从而凸显"差异"的地位。

①[英]丹尼·卡瓦拉罗.文化理论关键词[M].张卫东，张生，赵顺宏，译.南京：江苏人民出版社2006:137.

1.4.2 莱辛笔下的"种族身份"与"个人身份"

在全球化进程中，"种族身份"经历着侵蚀与排他的矛盾。西方在政治、经济、文化上的优越感带来的话语霸权，必然造成与其他国家、地区、民族间意识形态上的激烈冲突。一方面，西方基于自身的生存方式和社会结构的优越感，打着文明的旗号蛮横粗暴地在世界范围内推行自己的意识形态，试图将由自身理念发展来的规则推行为各国家、地区、民族共同遵守的唯一准则，通过经济注入，伴随政治指责和文化渗透，抹平差异的存在，披着文明的推进或者交流合作的合法外衣，将"他者"强行纳入"自我"的运行轨道上来，以牺牲"他者"利益的方式，积累"自我"存在与发展的必需，从而将整个世界纳入自己发展的轨道上来，建立起有利于自身和利益实现的世界秩序。另一方面，有着独特民族特色和文化背景的各国家、地区、民族在西方话语强行进入的压迫下，产生身份/认同的危机感，和文化认同的焦虑感，希望通过选择回归自身的文化资源，根据自身特点制定适合自己的规则，不断地抵触、反抗、挣脱西方意识形态的侵入与改造。面对两种话语的尖锐对立，莱辛将视角转入人类的整体与个体的生存状况，完成了宏观人类生存整体层面到微观家庭单位层面的对规则现状的呈现到质疑再到解构的完整过程。

人类生存整体层面：《南船座老人星：档案》科幻五部曲是莱辛在经历写作手法由现实主义到现代主义转向后，对后现代主义写作手法的尝试。小说通过虚构的银河系各星球之间错综复杂的关系，展现了作者对地球局部和整体两个层面意义上的思索，并以什卡斯塔星在其他各星球改造下走向灭亡的结局，象征性地解构了西方文明的中心地位。

首先是局部层面：工业技术高度发达的天狼星、由聪颖睿智族人构成的老人星、由"低级太空海盗"组成的沙马特星和什卡斯塔星是银河系存在的四个星球。如果我们把银河系缩略为地球，那么这四个星球就是构成地球整体的局部。天狼星代表着地球上建立起经济（文化）托拉斯的工业化国家、老人星代表推崇种族优劣论的种族主义地区、沙马特星代表崇尚战争暴力的荒蛮部落，什卡斯塔星对于他们来说就是不符合自身理念、需要征服或者"净化"甚至"拯救"的"异类"。每一种类型的标榜者，都按照自己理念制造出的规则强迫被占领地实行自己的生存方式和理念。

其次是整体层面：当地球内部层面上发生经济、文化、暴力侵略的时候，上升到外部层面，便是作为整体的地球在不断的内耗中走向资源枯竭、疮痍满地。在小说的结尾，什卡斯塔星在其他三个星球的改造和掠夺下走向灭亡，意味着地球上一个拥有自己生存方式和民族特色地区（国家）的消失——比如第一部《沦为殖民地的五号行星什卡斯塔》着重记叙什卡斯塔星球从石器时代至第三次世界大战的过程，实际上是记叙地球在残酷的殖民主义统治下如何走向污染、饥饿、核战争和最终灭绝的境地，表达作者对地球未来的担忧，同时暗示着地球走向灭亡，并非外力所为，而是在经济（文化）侵略、种族歧视和战争威胁下自取灭亡。从而以死亡的结局质疑并解构了以西方为中心，不断向其他国家和地区推行自己生存方式和理念的传统世界格局。

总而言之，在莱辛的科幻系列小说中，作者通过象征的方式暗示标榜高级的西方文明，本身隐藏着对其他国家地区、民族资源的觊觎，他们对其他国家、地区、民族进行的所谓改造，不过是为了满足自己的私欲而实行的殖民（文化、经济）主义、种族分化甚至战争侵略。早在一百多年前，马克思就对这种现象做了深刻的揭示，他指出：资本主义生产方式在其所到之处都消除着民族特性，破坏着传统的生活方式，民族的片面性和局限性日益成为不可能。文明的冠冕堂皇下掩盖着暴力的肮脏和强奸民意的霸道，这不能不说是莱辛对西方文明的绝妙讽刺。纵观莱辛的小说创作历程，对战争暴力、种族冲突的关注始终是她小说中的重要内容，小说《四门城》以主人公玛莎·奎斯特在政治斗争与个人生活的激烈冲突中，追求理想社会及独立的自我，屡遭挫折，最终逃离现实，异化成一部机器，遁入虚幻的异化之旅告诫人们，如果人类想和谐地生存下去，就必须清除包括战争在内的一切丑恶，否则等待人类的就只能是灭绝。

如果说在其他小说中莱辛是突出殖民、种族、战争中的某一方面的话，那么在她的科幻小说中则以象征的方式将这三种现象有机结合，并质疑以西方为中心的传统规则对"另类"和"他者"的界定，究竟是与标榜高级文明的西方意识形态不相同的国家、地区、民族属于需要被改造的异类，还是标榜高级文明的西方对这些国家、地区、民族的改造，造成了他们的异化。这是莱辛的科幻小说五部曲留给我们的思考。

事实上，无论是缩小后的地球局部还是放大后的地球的整体，莱辛的创作目的最终是要落实到地球上生存的个体，正如她在《什卡斯塔》的《序言》中写道：

初写此书时，我认为写一本就可以达意了……但在创作过程中……我为自己创造——或找到了——一个新的世界，在那儿，连行星的命运都只不过是在巨大的银河帝国间的对立和相互作用而产生的宇宙进化中的一些方面而已，个人的命运便可想而知了。[①]

自笛卡儿高扬人类理性以来，人类习惯于按照某种既定的规则谈论

---

① 王家湘.多丽丝·莱辛[J].外国文学，1987（5）:83.

着幸福，追求着幸福，同时划分同类与异类，却很少讨论既定规则合理与否。

但20世纪以来，随着社会变革、经济发展及各种思潮的涌现，"身份/认同"开始走向不确定性。这种隐性层面以推进文明进程为借口进行的文化渗透，逐渐销蚀民族国家固有的政治—文化认同，引起了"种族身份"的恐慌；特别是后现代思潮的出现，剥去了人类几乎无所不能的"主体性"的合法外衣。于是，"当某些假定为固定的、连贯的和稳定的事物受到怀疑并被不确定的经历取代时"①，"身份"更凸显出重要意义。

在这种对个人"身份"反思与重建思潮的影响下，莱辛创作了《第五个孩子》这部小说。这个简单的故事体现出莱辛对这个社会的独到观察。班代表着什么？是班不能融进这个所谓正常的家庭还是这个家庭不能融入班？班周围的人，包括亲戚和以先进文化与人类翘楚为代表的学者或者是相对来说心地纯洁的学生，这些人都不能接受班，但是那些来自社会最底层的青年却可以容忍而且和班打成一片，甚至服从他的指挥。为什么这些孩子喜欢班呢？莱辛没有给出明确的答案，但是从书中的描写可见，班只是在所谓"主流"或"正常"社会中不受欢迎，甚至让人恐惧。但是在熟悉班和理解班的小群体中，班反而是一个领导者。在续集《浮士畸零人》里，班的最终"解脱"依靠的也是这样一群人的帮助，比如导演的情妇丽坦、出身贫困的妓女德蕾莎，她们一直真心地同情、呵护，不顾危险地保护和拯救班；但是那些这个社会中的"正常"人总认为班是个没有人性和文明教化的异类，包括他自己的亲

---

① Kobena Meter. Welcome to the Jungle: New Positions in Black Cultural Studies [M]. London: Routledge，1994:259.

生父母。班自己跑上街头时，母亲海蕊心里竟然会期待他被车撞死。带班看医生的时候，她希望医生给班开镇静剂，布莱特医师非常反对用这样的方式来对待班，海蕊心里却始终有这样一种强烈的愿望。以至于布莱特无奈地说："做母亲的讨厌孩子，不算不正常，我看多了，不幸得很。"①通过对班被父母厌恶情节的描写，莱辛质疑了传统的家庭父母对子女的爱是无条件的这一伦理体系。

班的父母羞于让别人知道他们对班的看法，却自私地认为班是凭着一己之力来到人间、打扰他们的平凡生活，面对班或者"他这类东西"，他们自认为他们的平凡毫无抵抗能力。莱辛通过描写一个与众不同的孩子的降临给家庭、社会带来的恐慌，挑战了既定规则。从表面来看，莱辛似乎是在通过营造恐慌强调在既定规则下追求和维持幸福的艰难，但在深层次上，是通过小说主人公种种"不合理"的行为和人们的争议，将矛头直指约定俗成的定律。

大卫和海蕊认为养育很多孩子能够给自己的生活带来更多的欢乐，但是这第五个孩子在还未出生的时候就给这种乐观蒙上了阴影。他在娘胎里面就不安分，经常拳打脚踢，让母亲海蕊苦不堪言，出生后，奇怪的外形和表情也让见过这个婴儿的人感觉到害怕和厌恶，他的背部生下来就是隆起的，额头很宽，头发也怪模怪样。甚至海蕊自己都认为他是个妖怪。亲戚和朋友看到班以后的惊恐和惧怕也让一家人感到尴尬而自卑。随着时间的流逝，在父母眼里，班的情况变得更糟，而且食量惊人，并逐渐显出让人恐怖的破坏力。作为一个"非正常"的小孩子，他从来不玩玩具，只是把玩具拿起来猛捶地板或者摔墙，直到玩具坏了为止，甚至还杀死了一条狗。这次事件彻底让全家人对班感到深深的厌

①[英]多丽丝·莱辛.第五个孩子[M].何颖怡，译.台北：天培文化出版社，2001:86.

恶和恐惧，也导致了后来遗弃班的悲剧发生。除了家庭这个空间以外，在学校班的处境更加艰难，由于班无视学校的纪律和规章制度，打骂同学、搞恶作剧，老师非常反感，学生也很讨厌他，他还经常带些不三不四的"坏孩子"回到家里，把整个家搞得乌烟瘴气。

从出生前的不安分到出生时表情和外形的怪异，再到成长时表现的破坏力和放浪形骸，班破坏了这个家庭及家庭所在社会的生存规则，按照人们固有的身份认同，这个孩子似乎无法被归结到正常人的行列，于是，关于他是否正常展开了讨论：

"对他那类人而言，班可能很正常的。对我们而言，他可不。"①

由此可见，在班的家庭里，同样有权力的存在，家庭空间生产着家庭内部成员之间的关系。"家庭空间和社会空间在相互地再生产，社会空间将其权力结构投射到家庭空间中来。"②在这段对话中，莱辛呈现了"自我"与"他者"的二元对立。首先，身为外祖母的朵拉斯拒绝承认班是自家的孩子，也否定班是一个正常的人。尽管最初海蕊也以医生的话语作为依据据理力争"以一岁半的孩子来说，他的体格发展很正常。当然，有点过壮和好动，但他一向如此。"③于是，传统意义上"自我"与"他者"的强弱地位变得不再明朗，朵拉斯说"对他（医生）说来他（班）可能是正常的。可对我们说来，他（班）是不正

①[英]多丽丝·莱辛.第五个孩子[M].何颖怡，译.台北：天培文化出版社，2001：85.

②汪民安.身体、空间与后现代性[M].南京：江苏人民出版社，2006:163.

③[英]多丽丝·莱辛.玛拉和丹恩历险记[M].苗争芝，陈颖，译.南京：译林出版社，2007:85.

常"，也就说班在医生那里赢得身份认同，同时还赢得了一些"失学"孩子和同学、老师对他的身份认同，但处于朵拉斯"自我"的"他者"地位，也就是说，"自我"与"他者"不再有一个整体的、标准的划分依据，这不禁让人们疑惑，这种"自我"与"他者"的对立究竟还有什么意义？是否还有存在的必要？海蕊和大卫的悲剧同时在于他们渴望生出更多的孩子来实现自己的梦想，却没有考虑到自己的梦想可能会产生无法预料的后果。发现班有异于常人的特征以后，两人又无法承担做父母的责任，只会以逃避的方式来摆脱与班根本无法割裂的亲情关系。他们敢于反抗父母对其固执的不满，如朵拉斯曾经就对海蕊和大卫说他们以后一定会后悔，却无法坦然面对自己的亲生骨肉。在班出生的时候，大卫说的第一句话声音就带着沮丧。海蕊看了班以后，也对自己的儿子充满了恐惧和嫌弃。与此同时，海蕊的内心也充满了自责与悔恨，在谴责自己怯懦与失职的同时，还把班送到特殊看护的医院，企图与班划清界限。然而正是这种不负责的行为酿出了悲剧的开端，最后也导致了悲剧性的结局。班同样是一个悲剧，尽管他在监督下能跟普通人一样行动，但其异样的身躯及周围人恐惧的眼神时刻在提醒他，他始终无法成为一个真正意义上的"正常人"。在悬崖上的那一刻他终于知道，他没有任何同伴，强烈的孤独感使他失去了生存的意义，只能悲惨地从这个世界上消失。

在班周围的人这一方，当海蕊想从丈夫、医生、老师那里寻求哪怕只是心理上的支持的时候，科学和道德等所有堂而皇之的支撑着人类走到现代的东西都暴露出了他们的虚伪和无能甚至残酷的一面。他们都有自己各种各样的理由对班和海蕊做出判决，但是所有的方法都触及不到问题的本质，对于解决班和这个社会的矛盾于事无补，他们的办法止于消灭、隔离、剔除、漠视甚至假装接纳班，但是都没有办法解决班和这个家庭面临的问题。这导致了海蕊的矛盾和大卫对她的愤怒。在这种背景下，固有的社会和家庭文明体系显得异常脆弱，班让这个家庭曾经幸福的生活陷入不可挽回的崩溃。在现代文明中，儿童被要求学习自我控制，比如说在某些时候，他们需要精神高度集中，或者内心非常镇定。但是在莱辛笔下，这些恰好跟班的天性是背道而驰的，或者说现代文明抑制了班的生物本能和天性。安静、一动不动、思考、严格控制各种身体机能，这些受到高度重视的儿童特征，在班的身上都无法实现。于是班的天然本性开始被视为不仅妨碍了他人的正常生活，而且是邪恶性格的表现。因此，旁人有义务也有责任对其进行教育和征服，以此获得令人满意的教育结果和净化的灵魂，但是所有人都失败了。可见，"班"这个人物形象成功解构了我们的传统文明体系。如果说班对这个世界的恐惧是由于受到控制而产生的话，海蕊的恐惧也是实实在在无法驾驭的。用暴力对待班的情况虽然已经过去，但是它的余震犹在，班依然惊魂未定，生活在恐怖之中。每当班吵闹的时候，海蕊便恐吓要把他绑起来。于是班总是竭力地控制自己，吃东西要文雅，大小便要用尿盆或到厕所去，不可以尖叫和厮打。班虽然感到很愤怒，但是也很害怕，海蕊只能用恐惧来暂时控制他。海蕊和班两人都为此深受折磨，精神处在崩溃的边缘。

从班生长的环境来看，在一个家庭中，本来父母之爱是最基本的必备条件，父母之间健康良好的互爱形象会对孩子成长起到重要影响。家庭本是温馨、宁静的代名词，应弥漫着浓烈的亲情味。法国作家莫罗阿曾说："没有了家庭，在广大的宇宙间，人会冷得发抖。"①一个家庭若失去爱的滋润，就会给人性恶提供显现的空间。在班的家庭生活中，

①[法]莫罗阿.人生五大问题[M].傅雷，译.北京：生活·读书·新知三联书店，1987:43.

家庭成员之间的亲情之爱被人性中根深蒂固的残酷所取代，家庭氛围失去了温馨幸福的光泽，班置身其中如身处荒漠，寒彻入骨。莱辛把我们所谓博爱之一部分的亲情置于文学的神圣殿堂中，一点一点进行剥离，撩开了传统家庭温情脉脉的面纱，使之呈现出不和谐的、支离破碎的图景，凸显出人的自私与孤独。随着两个对立面的产生，小说中出现了两个世界，一个是海蕊和大卫的"神志清醒"的世界，一个是班和他同伴的"失常"的世界，两个世界也形成了鲜明的对比。同时前一个世界的欢乐，建立在后一个世界的痛苦之上；而后一个世界的阴影，又始终笼罩在前一个世界之上。在这样的情况下，甚至连海蕊这样善良、热情、充满希望的人也无法摆脱班带来的恐怖阴影。无论是约束还是暴力，各种努力都无济于事，平等博爱的传统神话被彻底打破了。

　　紧接着，莱辛通过海蕊与季莉医师的对话，借医师之口说出，人们对外在于自我生存规则、方式盲目排斥的刻板印象，是造成"自我"与"他者"身份冲突的根源，从而以凸显差异的方式解构了二者的二元对立。

　　不得不承认的是，在班的悲剧中，作为母亲的海蕊扮演了重要的角色，作为母亲，她也认为班不是正常的人类。她甚至怀疑班是一个"替换儿"。在中世纪，残疾的身体常被当作为撒旦工作的证据，尤其是不健康的婴儿，常常被认为是被仙女偷换后留下的又丑又笨的孩子。都铎和斯图亚特王朝时期的人仍然把身体的残疾或者天生异样的人当作一种景观和魔鬼的显现。西方文化也坚持把残疾人排斥为他者。就像莱恩·伯顿指出的，"贯穿有记录之历史的对残疾人的一贯的偏见"都是

"围绕着'完美的身体'的神话"①。主流的社会学家很少把残疾人作为一个社会现象来研究，而宁愿将其看作一种医疗或心理的问题。就如同小说中的医生，尽管他也认为班和普通的儿童有很大的差异，但是也并没有想深入地研究下去，只能含含糊糊地对母亲说孩子还算正常。季莉医师同样如此，她不承认班有问题，告诉海蕊班只是在学校表现不好，这是很常见的情况。但是在她与海蕊告别的时候脸上表现出恐惧，"正常人对超乎人类极限事物的一种抗拒。也是对海蕊的畏惧——因为她生下了班"②医生对班的这种忽视来源于一种倾向，即把理性的和健全的个体当成社会学中心目标，而将背离这种假想的标准的人，不是看作不相关的，就是当作一个"异乎寻常的行为"的例子。相应地，像班这样的所谓"残疾人"的社会生产能力也普遍被忽视。从班的例子我们可以看出在医学上，残疾被不公平地看作是一种生理的或心理的缺陷。医学的定义也从传统上影响了对残疾的普遍解释，这些解释几乎总是造成歧视、丧失权利、被压迫和虐待。这些观点已经影响了整个西方历史对作为他者的残疾的占支配地位的反应。"因为追求道德（和身体）完美，希腊人谴责残疾——火神赫菲斯托斯就因跛足而被流放到地狱。罗马人也有赞同杀死虚弱的婴儿的习惯，还常把残疾人当作一种娱乐的工具（例如，侏儒和女奴隶之间的表演性的格斗）。"③在当代，对"身体完美"的向往和对"完美神话"的追求表明，残疾依然被想象所困扰。实际上，班令人困扰的还有他的模糊性：他不属于科学研究见到的

①[英]丹尼·卡瓦拉罗.文化理论关键词[M].张卫东，张生，赵顺宏，译.南京：江苏人民出版社，2006:131.

②[英]多丽丝·莱辛.第五个孩子[M].何颖怡，译.台北：天培文化出版社，2001:162.

③[英]丹尼·卡瓦拉罗.文化理论关键词[M].张卫东，张生，赵顺宏，译.南京：江苏人民出版社，2006:131.

以往任何一个类别，即一种文化为保持其身份所赋予的合法的类别。当他周围的人意识到他们自己对自己的陌生和他们的不完满时，因不能给这种普遍存在的实体指派一个地方，所产生的焦虑在逐渐增多："面对一个我的外国人时，我同时也在辨别，我失去了我的界限，我不再有包容性……我遗失了我的镇静，我感到'失落'，'模糊'，'朦胧'。"①就像小说里的班一样，为此感到痛苦、迷茫，并为此烦躁易怒，伤害他人。

通过海蕊和大卫夫妇孕育班，但班降生却抛弃了班，反过来又被班的存在所困扰和痛苦这样一个故事，莱辛向我们残酷地呈现出了"异常的人"与正常的人之间的紧张关系，并向我们揭示了人类中心论的一个极端反题，那便是可能存在其他与人类相同的智能生命。"我们怎么知道地球上有过哪些和我们不一样的人——我的意思是不同种类的造物？"②假如人类并非宇宙中唯一有智慧的生物，那么人类遇到或是自己制造出一个异己的智能生命时，该如何处置呢？是接受包容还是送到科研机构进行研究？这就涉及了科学和伦理的问题。同时它也是科学与伦理相互交叉、相互渗透的重要领域。尊重差异不是为科学设置障碍，而是要让科学研究更有效和更安全。因此，促进科学与伦理的良性互动，在科学与伦理之间寻求合理平衡，是科学责无旁贷的任务，也是它存在的重大理由。所有这些假设可以说都是从一个根本的、非人类中心论的视角向人类提出的科学和伦理的问题。纵观《第五个孩子》所揭示的他者与差异研究中的这一主要问题，它通过想象异类生命与人的交往

---

① [英]丹尼·卡瓦拉罗.文化理论关键词[M].张卫东，张生，赵顺宏，译.南京：江苏人民出版社，2006:187.

② [英]多丽丝·莱辛.第五个孩子[M].何颖怡，译.台北：天培文化出版社，2001:161.

中可能出现的种种伦理困境与困难，来反思人的生命究竟为何的问题，并在此基础上前瞻性地调整人类自身的生命理念和价值观。

在《第五个孩子》这部小说中，莱辛首先按照传统的生存规则设置了一个家庭单位，再通过一个孩子的出生给这个家庭带来的"灾难"，引发人们对传统意义上"自我"与"他者"之分标准的思考。她用一种刻意模糊班的本质的写作方式，将班塑造成一个含义丰富的象征，同时也对我们所身处的世界多所着墨，进而对人们自以为凭着科学能够揭开世界上各种奥秘的自信与能力有所质疑。也就是说，莱辛的视角并不只限于家庭这么狭窄的领域，作者的目的是以一种隐喻的方式质疑我们目前遵循的"标准"，到底是符合最普遍意义上的人性的规范，还是早已成为扼杀不同类生命的黑手？显然莱辛认为，我们应该学会尊重我们所不知道或不了解的东西，而不是把"他者"理解为一种威胁。因为对他者的恐惧常导致一种盲目的仇恨：比如法西斯主义，种族主义，种族灭绝，以及一种对民族身份的盲目和忠诚。同时，这也会产生另一种危险：若将他者整合进一种文化的主流结构，就否定了它们之间的差异，事实上，也否定了它们享有差异的权利。相比较而言，可见莱辛致力于赞成他者的差异性，和以多元化为特征的文化对差异性的尊重。通过接受我们之中的那些不可知的事物，我们很可能学会接受和尊重他者中那些不可知的东西。作为现代性的一个独特方面，差异性是建立在对价值多样化的接受的基础上的。差异并不否定社会性和道德性，而是为生活方式和社会变革提供了一个新的、更加和谐的空间。这是作者留给我们思考的问题。

社会总是用一个标准来确立人的社会地位，衡量对其认可的程度。按照这种思维方式，"他者"或者被同化，或者被遗弃。莱辛通过班这个人物指出了传统的危机，并表现了现代社会面临的种种恶果，打破了

"总体性"和"同一性"的神话。

1.4.3 尊重差异

莱辛感受到强权带来的殖民主义、种族对立和战争暴力,对个人、民族、国家的话语压制和资源掠夺只能让人类在自我束缚和冲突中走向灭亡,于是在她的太空小说系列中,她试图通过隐喻的手法,呈现与质疑并最终试图打破这种权力规范,对以西方地缘为中心的世界格局和以西方意识形态为标准的评价标准表示严重不满,寻找更适合人类生存的规则与理念,实现个人之间、民族之间、国家(地区)之间的权力制约以达到权力平衡,在尊重各民族各地区差异的基础上实现多元共生。

对差异的凸现和既定标准的质疑在莱辛的另一部小说《好恐怖分子》(The Good Terrorist)中也有体现。在这部小说中,故事以百货大楼的爆炸案作为开端,女主人公常常用激烈的手段来维护自己的信仰。其中有一批失业青年占据了一栋废弃的房屋,并以此作为他们休闲玩乐和躲避世俗批判的伊甸园。莱辛表达了所谓"坏"青少年的思想情绪,反映了下层人民生活对现实的种种不满。"恐怖分子"本来是一个负面感情色彩的词语,但是这里莱辛用"good"来形容"恐怖分子"一词,不禁让读者疑惑到底"good"是依据什么标准来制定的,又是谁来制定的。这种模糊的写作方式将主人公塑造成一个寓意极其丰富的象征,让读者对于所谓的"异类"或者说"他者"能够深入思考。

尊重差异,是莱辛对《第五个孩子》创作目的的阐释,而差异理论在后现代理论视野中也得到充分重视。因为后现代"小心避开绝对价值、坚实的认识论基础、总体政治眼光、关于历史的宏大理论和'封闭的'概念体系。它是怀疑论的,开放的,相对主义和多元论的,赞美

分裂而不是协调，破碎而不是整体，异质而不是单一"。①后现代理论
家对研究视角多样化和多样性的推崇，将"差异"从二元对立的遮蔽状
态转为敞开。解构主义之父德里达就认为："纯粹的差异是构成活生生
的在场的自我存在……这个活生生的在场源起于他自身的无身份，源起
于可能保留的痕迹。……本性上有时间维度的理解或意义绝不仅仅是在
场；它总是参与了痕迹的'运动'"②也就是说，在德里达的理论视野
下，差异不再只是一种不在场的存在，传统的二元对立的意义被解构为
彼此间差异的呈现。《第五个孩子》就是在这种思潮的影响下关注人类
社会的现实生存问题。在小说的最后，莱辛通过海蕊的自我反思，给读
者留下了思考的空间。

如果说莱辛在《第五个孩子》中以一个开放式的结尾给读者留下了
无限遐想的空间，那么她在这部小说的续篇《浮世畸零人》中，则在继
承原故事框架的基础上，以"纪实"的方式向读者交代了班在长大成人
后的一系列遭遇。海蕊夫妇在家庭成员和社会关注的双重压力下，将班
遗弃，使得班还未成年就要独自面对复杂的社会环境。为了生存，他四
处奔波、受尽凌辱。为人携带毒品，却被丢在陌生的异地；靠自己野蛮
的性欲讨好年老色衰的妓女，遵循一个导演的安排扮演旧石器时代的尼
安德特人……凡此种种，使得他由一个破坏性极强的人变成了一个可以
任意被人破坏的人，18岁的年龄，却看起来有40岁的面容，这无疑是一
种辛辣的讽刺。

在莱辛的笔下，班活在一个根本不属于他的世界。因为从小到大

---

① [英]特里·伊格尔顿.后现代主义的幻象[M].华明，译.北京：商务印书馆，2002:1.

② Jacques Derrida. "Speech and phenomena: And Other Essays on Husserl's Theory of Signs" in
Julian Wolfreys. Critical Keywords in Literary and Cultural Theory[M]. Portland:Philosophy Education
Society Inc. 1973:59.

他都被当作社会的"异类"看待，没有人去关注他的情感、行为及生与死，围绕他的永远是"他是什么东西？"这样带有歧视性的疑问，甚至有一个研究机构准备把他作为研究的标本保存起来。连对他最好的老妇人也认为班不是人类，甚至认为他是某种"雪人"（yeti）①。即使他跟大家一样，睡觉睡在床上，使用刀叉，保持服装整洁，喜欢把胡子修得整整齐齐，也去理发；但是他也会在田间捕捉画眉鸟生吃掉，令其他人恐惧万分。在这个有着既定规则的世界中，他的生命历程注定是一场正在上演的悲剧，他始终无法理解这个世界，因为这个世界始终将他放置在对立的层面上，拒绝与他沟通与交流，于是班始终无法实现身份认同，只能作为被奴役的"他者"存在。

作者通过这样一个故事揭示出人类文明和不同类型的人之间的矛盾与冲突，以及班为社会化所做的努力和由此带来的失败的痛苦。如果说莱辛对男女两性关系的解构与重建是为了改变女性在传统男性视角下的"边缘人"角色，对人与上帝关系的解构与重建是为了礼赞人类爱的伟力，那么在她的科幻小说系列和《第五个孩子》等作品中，莱辛利用虚幻想象和现实描写两种创作手法，着力凸显差异的地位从而解构"自我"与"他者"的二元对立，消解文化的总体性，实现民族之间、国家之间、地区之间基于彼此差异的相互尊重。

正如张中载先生对这部小说的评价：

不承认差异，视异于我者为异端，并"党同伐异"，世界就难得

---

①译者注：雪人是一种介于人、猿之间的神秘动物，到目前为止，尚未有确切的雪人标本供人们研究，关于雪人的传说材料远远多过实证。通常雪人被称作"夜帝（yeti）"，意思是居住在岩石上的动物。

安宁。只有承认差异为正常，并"求同存异"，"和平共处"，才有和睦、共同进步可言。①

1.5 对人与动物关系的解构

1.5.1 人类中心主义的观念演变

早在古希腊文化传统中，"人类中心主义"的思想便已非常突出了。柏拉图曾在其《泰阿泰德篇》中记载了智者普罗泰戈拉的名言："人是万物的尺度：是存在物存在的尺度，也是不存在物不存在的尺度。"②其后亚里士多德同样继承了"人类中心"的思想，给万物规定了等级和隶属关系，而人类则理所当然占据了其金字塔的最顶层："动物的存在就是为了动物的降生，其他一些动物又是为了人类而生存，驯养动物是为了便于人们的美味，为人们提供食物以及各类器具而存在。如若自然不造残缺不全之物，不做徒劳无益之事，那么它必然是为着人类而创造了所有动物。"③圣奥古斯丁至中世纪托马斯·阿奎那主流基督教神学传统深受希腊人类中心思想的影响，强化了《圣经》中关于人的独特性地位的说法，突出人与动物是截然二分的，认为只有人是富有灵性的，而其他动物则不具灵性。简言之，人类中心主义是一种"人是宇宙中心的观点。它的实质是，一切以人为中心，或一切以人为尺度，为人的利益服务，一切以人的利益出发。"④人类中心主义的思想经历了古代、近代、现代三种历史形态。古代人认为地球是宇宙的中心，而

---

① 张中载.当代英国文学论文集[M].北京：外语教学与研究出版社，1996:207.

② [美]大卫·戈伊科奇，约翰·卢克，蒂姆·马迪根.人道主义问题.[M].杜丽燕，等，译.北京：东方出版社，1997:21.

③ 苗力田，主编.亚里士多德全集：第九卷[M].北京：中国人民大学出版社，1994:17.

④ 余谋昌.生态哲学[M].西安：陕西人民教育出版社，2000：34.

人类又栖居于地球之上，那么人类也就处于宇宙的中心，自然界的一切都是人类的生存而存在的。亚里士多德就认为，植物的存在是给动物提供食物，而动物的存在是为了给人提供食物，大自然存在的根本目的就是给人类提供生存必需品。近代人类中心主义观念是在机械论世界观及牛顿力学和笛卡儿哲学的基础上形成的。这种观念将人类的发展建立在对自然资源的掠夺性开发利用的基础上，强调主客二分，强调人类征服自然、主宰自然的伟力，无视自然界其他生命的存在价值。现代人类中心主义观念是在对近代人类中心主义观念反思的基础上形成的。在以笛卡儿和牛顿为代表的机械世界观的指导下，人类不计后果地掠夺自然资源，虽然取得了丰厚的财富，却也瓦解了后代甚至当代赖以生存的物质基础。对森林的乱砍滥伐，导致水土流失严重；对野生动物的大量捕杀，破坏了生态平衡；对经济利益的片面追求，忽略水源、大气和土壤的污染；人与自然的和谐关系被彻底打破，人类面临千百年来从未遇到过的生存困境。

于是，在生态危机日益加剧的情况下，人类开始重审人与自然的关系，呼吁生态保护，反思近代人类中心主义"二元论"。围绕"非人类中心主义"或"去人类中心主义"，各学者从不同的立场出发提出重构人与自然关系的理论。莱辛的作品也围绕这一主题进行了深刻的探讨。

1.5.2 莱辛笔下的"猫的进化"

《特别的猫》是莱辛小说创作第二阶段的作品。孤独和寂寞的现代都市让人在充满矛盾的不同社会语境之间游走，为了生活人们被迫与不同的人进行激烈的竞争，他们居无定所，阶级、性别和社会地位的差异加剧了人与人之间的隔阂。在熙熙攘攘的人群中，人感到的是更深刻的孤立和迷失。养宠物作伴无疑是人们治疗这种大都市病的有效选择之一。与人类交往不同的是，动物不会让人失望。莱辛最爱的宠物是猫，而且也写过不少关于猫的文章和书籍。《特别的猫》出版于2002年，书中莱辛以自己独特的文学笔调述说着人和猫之间的爱恨离别等种种动人的小故事，以此来描写人类与动物之间的相互对立而又相互依存的关系。这些作品与莱辛的其他作品相比，既充满温情又充满情趣。接着1989年、1991年和1994年，莱辛又出版了三本有关于猫的书。在书中，莱辛滔滔不绝地向世人述说着曾经让她欢欣也让她忧愁的猫。故事从莱辛在非洲的童年开始，她书写这些猫不同的生命景观，比如，童年时冲进她家农场里的猫，以及充满人性的两个"猫主角"。在短篇小说《老妇与猫》中，没有亲属的老人为了保全唯一的伴侣猫，决心放弃政府给老人们安置在养老院的安排，独自住在在危楼中，成为一个流浪的、生活得不到保障的人。住在养老院里常常意味着人的权利的丧失，更不必期盼什么爱和温情。在莱辛的众多著作中，这些猫的内容不禁让人为之一振，从而为我们全方面、多角度了解莱辛提供了一个很好的视角。

这些关于猫的文字让人联想到人类对于动物的认识从敬畏到任意践踏的过程。人类理性的发展使得人们对于上帝信仰的敬畏与臣服逐渐被人类进步的自我崇拜所替代。西方启蒙的理性主义对基督教的信仰与理解做了修正和改观，使人们不再认为它只是神秘主义的和社会道德层面的产物。这些观念虽然仍是从宗教的视角看待世界，但在主观思想上却以人类代替了上帝。这种对于人本性的乐观理解，导致上帝与基督的形象失去了一切神圣性、神秘性和深度，更使得动物与自然沦落于人类践踏的悲惨境地，降格为客体的和他者的。在人类眼中，动物变成了没有思想，没有道德的生物，更谈不上被"敬畏"、被"尊重"，或是被人类从伦理学的角度予以"道德关注"。

20世纪六七十年代，人类经过三次工业革命，社会生产力空前提高，但人类对自然资源无节制的掠夺和开采，破坏了生态平衡，特别是两次世界大战对自然环境的污染与破坏，使得环境问题日益凸显。进入21世纪，这种拥有欲的推动与驱使进一步使人类将自己的利益与享受至上化。"现在，生存再也不是主要问题，而是所有。推着你消费，你才是完人；属于你的财产将你占有"。①当代的环保论述指出，对大地、也是对人际关系破坏得最厉害的，正是这"经济主义"及其背后的价值观。于是，动物无可避免地成为"经济主义"与"消费主义"的"祭品"，成为了人们获利的商品和奢侈的享受物。

其实一些关心自然的文学家早就已经开始注意到，在"人类中心主义"的大旗下，动物所遭受的痛苦死亡与悲惨命运。在他们的笔下，无论是威猛的野兽或是灵巧的小动物，都成为人类残暴的势力和武器下的弱者与牺牲者。布莱克的诗《夜》中，诗人就借天使之心表达了人类对猛兽豺狼虎豹的同情和怜悯。浪漫主义诗人彭斯也把动物视为自己的同类，将它们当作有生命、通灵性的物种。从这些描写可以看出，诗人认为人和动物本应该是朋友的，使他们连在一起的便是大自然，可是由于人的"统治"，这种联系被割断了，于是鼹鼠见到人就像见到天敌一样。而事实上，人类也确实是它们的敌人。到了19世纪，达尔文的进化论进一步推动了人与动物本源的意识，认为人与动植物同为宇宙中的生灵，他们是平等的。人"并不具有比蚂蚁、夏日的苍蝇、微小的纤毛虫或者最小的杆菌更大的价值"。②于是在19世纪很多作家的作品中，作者对人的关怀扩展到动物和植物的身上。华兹华斯在《给野菊花》的诗中写道："皎洁的花啊！你到处为家……我觉得你的身上总是蕴涵同人

①[英]丹尼·卡瓦拉罗.文化理论关键词[M].张卫东，张生，赵顺宏，译.南京：江苏人民出版社，2006:77.

②转引自王诺.欧美生态文学[M].北京：北京大学出版社，2003:32.

类和谐一致的某种语言。"①一个与大自然联系紧密的诗人，把大自然中的所有东西都当成自己写作的对象。

到了20世纪末期，人类进入后工业文明时代，自然所受到的破坏和污染，以及不受生态伦理控制的科学技术和工业生产给人带来的巨大灾难，使得整个地球进一步陷入毁灭的危机之中。直至此时，生态文学终于在西方世界得到空前的关注。莱辛敏锐地觉察到，人类对自然蛮横的征服行为和唯我独尊的心态，必会遭受自然无情的惩罚和训诫。在《特别的猫》这部小说中，莱辛以细腻的笔调描写了精彩纷呈的猫的世界及人与猫间的动人故事，以一种温情脉脉的笔调在显性层面解构人对猫及所有动物的粗俗与冷漠，同时在这种温情脉脉的背后，作者通过猫受到人的感化失去了野性的描写，暗示猫无论是野生还是家养，都完全取决于人的意识而存在。这种对猫是否也应该像人类一样，为从野蛮变成文明而欣喜的质疑态度，在隐性层面上解构了人和猫（所有动物）之间主体和客体的关系。

小说的开始，作者首先呈现出一幅幅残忍的"杀猫图"：

　　我朝他开了一枪，他扑通一声，从树枝上摔下来，跌落到我脚边。他躺在飞舞的羽毛堆中，微微挣扎了一会儿，然后就完全静止不动了。平常我都是立刻抓起那又脏又臭的猫尾巴，把尸体拎起来，扔到附近一个废弃的矿井里。②

①黄宏煦，主编.英国浪漫主义诗人抒情诗选[M].袁可嘉，译.南京：江苏人民出版社，1988:102—103.

②[英]多丽丝·莱辛.特别的猫[M].彭倩雯，译.台北：时报文化出版公司，2006:11.

　　但是在这些残忍屠杀的背后，作者总是试图以一种无可奈何的淡淡温情作为底色。每一次对猫的屠杀似乎都有不得已的借口。比如对野猫的杀戮，是因为它们对家猫的勾引。野猫偷偷从小缝隙里钻到家里跟家猫交配，而令"我"不能相信的是："我们家这些过惯日子的宝贝猫咪，竟然能够适应这种朝不保夕的危险野生生活。"①或者以动物对人类的仇视或者是误杀为借口。因此，在莱辛的笔下，人类对猫的杀戮似乎就褪去了残暴的色彩，只是因为恐惧或者维持生存秩序而采取的一种合理手化段。在莱辛眼中，人与猫之间似乎并不存在不可调和的矛盾，因为在每次杀猫之后，人们都要经受情感上的折磨。比如母亲在我的错误指引下误杀猫之后，用泪水与爱抚为猫送行，父亲在对猫展开大屠杀的过程中，曾经双眼泛出泪光。尽管"我"在年幼的时候并不能理解父母猎杀动物时无奈的心情，甚至还觉得他们"婆婆妈妈"，不能理解这些泪水所代表的无助，父母的表现却让"我"印象深刻。早在远古的西方文明中，动物最初被宰杀是用作祭祀的。如《利未记》中就对此做过记载。可见当时祭祀动物的生命与躯体都是神圣而不容亵渎的，动物成了人与神沟通的媒介。但是西方宗教与文化传统中的"动物祭祀"思想在人类历史的沿革与发展中，其性质中作为"圣洁的赎罪"部分已经逐渐消失，"祭祀动物"的神圣光环及人与"祭祀动物"之间神秘的积极互渗关系也逐渐消失。当人不再信奉上帝，也就是人不再为上帝而杀动物，不再为罪的缘故而献祭洁，却是为着私己的利益，为着保护自己的家禽或者出于自身的享乐去杀害无辜的动物。这些动物的血在人类的眼中也不再是圣洁不可侵犯，而是激发人刺激与快感的"享受"。于是莱辛试图通过富有温情的描写解构传统意义上人与猫（自然万物）的尖锐

---

①[英]多丽丝·莱辛.特别的猫[M].彭倩雯，译.台北：时报文化出版公司，2006:10.

对立，使得人对猫的屠杀顺理成章，因此，在整部小说中，作者一改往日犀利的笔调，从不吝啬对猫的赞美之词：

米妮有一半波斯猫的血统，是一只毛茸茸、软绵绵，让你打从心底疼爱的小动物。[①]

但是作者也为猫身上的自然法则鸣不平，慨叹大自然的法则是如此固守成规，不知变通：既然猫已经跟人类做了好几个世纪的朋友，难道大自然就不能做些调整，改变一下这每年生产四次，每胎生五六只小猫的不变法则吗……但是，作者并不只是简单地用温情的笔调呈现人与猫其乐融融的场景，而是希望通过这种显性层面的温馨呈现，在隐性层面上质疑，这种人与猫的其乐融融，究竟是不是真的消解了固有的人与自然的二元对立，达到人类与自然万物的和谐状态？我们对猫的一腔热情，对它们而言究竟是幸福还是厄运？

莱辛笔下的猫有家猫和野猫之分。作者对两者采取了爱憎分明的态度，那些美妙的词语无一例外地被放到了家猫的身上，如刚才提到过的米妮。对于那些没能成为家猫的野猫，"我"则往往怀有敌意，"我们最讨厌野猫了"，原因在于"它们总是对我们露出利爪，嘶嘶怒吼，把我们当作仇人似的"。或者，"野猫跟我们的猫咪交配，引诱这些爱好和平的家猫离家出走，到灌木丛中风餐露宿。"在这里，野猫就是具有自然秉性之猫，险恶的自然环境逼迫它们拥有锋利的捕食工具和相对暴烈的性格，它们的攻击性往往会在受到侵犯或自我保护的时候表现出来，于是，人类对这种看似不友好的态度相当反感，认为不顺从人类

_____

① [英]多丽丝·莱辛.特别的猫[M].彭倩雯，译.台北：时报文化出版公司，2006:12.

便是与人类为敌。家猫却在主人的关爱之下逐渐改变自身的天然生活习性，由暴烈转为温顺。

在人的圈养下，安逸的生存环境让家猫基本丧失了与生俱来的捕食本领，"她对食物挑剔得很，而她才到我们家一个礼拜，在这方面就大获全胜。她除了煮得嫩嫩的小牛肝，和煮得嫩嫩的小鳕鱼之外，其他东西一概不吃，连舔都不肯舔上一口。"①家猫不再是敏捷、有灵性的动物，而成为供人类观赏、取乐的宠物，只知道在人的面前打滚、舔毛、竖尾巴以赢得赞美之词。所以每当家里有客人来访时，她总是待在大门附近，装模作样地摆好姿势。偶尔显露出的本能攻击力，也只是表现在为守住自己面前那盆猫食。所以当猫固有的生存规则由自然界的弱肉强食转移到对人类的依赖时，就算是面对天敌，首先想到的也不是逃生而是跟人撒娇，这种基本丧失野性的猫才是宠物的主人喜欢和需要的。

作品中对家猫和野猫的严格区分及对人们对两种猫不同态度的表现，从根本上是为了在人性和自然性之间制造一种矛盾产生的张力。"打死我们也不敢相信，我们家这些过惯好日子的宝贝猫咪，竟然能够适应这种朝不保夕的危险野生生活。野猫的出现，对我们家这些娇生惯养野兽的处境，提出了相当有力的质疑"②。猫原本就是自然之物，它应该遵循的是自然规则，但在人类的喂养下，自然性被迫让位于"人性"，在赢得人们一时之欢的同时，丧失了自己的根本。于是，莱辛在小说中不断通过对比来反思人类对猫的感化：

"光只为咱们自己方便，"他说，"就任意剥夺它们真正的天

---

① [英]多丽丝·莱辛.特别的猫[M].彭倩雯，译.台北：时报文化出版公司，2006:68.
② [英]多丽丝·莱辛.特别的猫[M].彭倩雯，译.台北：时报文化出版公司，2006:10.

性，这根本就说不过去嘛。"①

　　事实上，从猫走入人类的家庭成为被圈养的家猫那一刻起，就被纳入人类生活的轨道。人类首先按照自己的趣味和需求将那些在毛色、身材各方面符合条件的小猫带入家中，再按照自己的意志改造、培养小猫的生活规则，猫的天性几乎被人的意志完全挤占。于是，人与猫的其乐融融、和谐相处不过是猫被人类改造成自己理想状态的过程与结局。

　　因此，莱辛在用细腻的笔触描写人与猫的和谐状态，在显性层面解构人（人类）与猫（动物）的二元对立的同时，试图通过这种温情的笔调在隐性层面上质疑人对猫的关注，暗示着这种和谐完全是不顾猫的自然习性人为制造的状态，从本质上说依然是一种人的意志和自然意志的对抗，但人类总是心安理得地接受这样一种状态，正如小说中作者的独白："在童年时代，所有在我们生命中来来去去的人与动物，以及当时所发生的种种事件，我们总是理所当然地全盘接受，然而，它们若是突如其来地失去踪影，同样也不会有人去多做解释，或是提出询问。"②当人类逐渐认识到对自然无限度的攫取和破坏会带来灾难性的后果后，拯救自然也就是拯救自己的口号逐渐在全球蔓延，从表面上看，人类似乎已经开始转变与自然的对立，在尊重自然规律的基础上实施可持续发展战略，但是，尊重自然的根本点还是落实到拯救人类自身，也就是说，人类观念的转变，只是如何更好地利用自然以更好地为自己服务的观念转变，并没有消除人和自然间的二元对立，自然及自然万物依然被人类按照自己的生活方式和生存理念改造着，只不过是改造的方式由初

---

①[英]多丽丝·莱辛.特别的猫[M].彭倩雯，译.台北：时报文化出版公司，2006:59.
②[英]多丽丝·莱辛.特别的猫[M].彭倩雯，译.台北：时报文化出版公司，2006:92.

期的赤裸裸的掠夺，变成了现在看似尊重自然的隐性侵略和控制。莱辛尽管是一个爱猫的作者，但是她在文章中并没有将意义限定在情感的关爱上，而是以一种隐喻的手法讽刺了人类在维持生态平衡的大趋势下，依然不能放弃人类中心观念的所作所为。

1.5.3 万物和谐共生

从人类社会的演化上看，人与自然的关系大体经历了两个大的发展阶段。第一个阶段为前资本主义时代，如在原始社会，人是对自然充满了敬畏的。这个时期人干预自然的能力最弱小，是自然控制人类的力量最强大的时期。在农业社会，人与自然的关系仍然以自然占主导地位为基本特征，人类"靠天吃饭"，人力与自然力的较量仍然以人俯首称臣为结局。然而与原始社会不同，此时，随着生产和科学的进步，人与自然已出现了明显的局部分化。第二个阶段是我们今天称为工业文明的阶段。在这个阶段，由于人类改造自然的物质手段空前发达，社会物质财富也空前丰富，因此，人与自然的关系也变得越来越复杂。人对自然的征服观念和占有欲成为推动社会物质进步的巨大动力，在这种动力面前，自然和自然的属性沦为人任意践踏的对象，而动物作为自然的一部分，同样不可能幸免。人类一直以理性、道德化身自居，自诩为万物之灵长，虽然承认由动物进化而来，却将自身的动物性视为低劣、野蛮、应当摒弃的方面，因此，动物也就被约定俗成地认定为非理性、无意识的种群，其应有的道德关怀和价值认定被人类的生存需求甚至私欲取代。在有文字记载的绝大部分历史中，我们经常能够看到人类为了自己各方面的需求残害动物的暴行。相反，当人类物质生活极度满足的同时，精神世界却呈现出荒原的景象。现代工业的飞速发展，在将人类的物质创造力逐步推向极致的同时，打开了人类欲望的"潘多拉"魔盒，在欲壑难填的欲望挣扎中，人与人之间的情感交流被利益渴望挤占，原有的宗教信仰或民族认同让位于经济发展和消费主义，于是，失去精神支柱的人类开始将精神寄托转向自然界的动物，希望通过与"本是同根生"的动物亲密交流，聊以慰藉自己日益空虚的心灵。这不能不说是对人类的一个莫大讽刺，同时也凸显了自然万物的悲哀，它们的地位升降、关怀与否，完全取决于人类的命运与境遇，根本没有自主的权利。正如莱辛在另一部短篇小说《老妇与猫》中描写的那样，一个在现代都市里被子女抛弃的老妇人，只能和一个同样无依无靠的流浪猫相依为命，直至死去。当人类的亲情、友情及爱情都被物化的世界彻底抛弃的时候，人类安身立命的基础还剩下什么，这是莱辛留给我们的思考。

> 她对着猫唱歌，或者边唱边诉说：你这个讨人嫌的老畜生，你这只老脏猫，谁也不要你……①

如果说在《特别的猫》这部小说中，莱辛是通过野猫与家猫之间的张力，揭露人类以自我为中心的观念是造成与自然万物对立的根源的话，那么在《老妇与猫》中，则是通过被遗弃的人和被遗弃的猫之间的关系，揭露人类自身在情感缺失后对自然依靠的必然转向。老妇赫蒂穷其一生为了儿女而奋斗，但在自己年老体衰的时候，自己辛苦抚养的儿女却嫌弃她的身份和品位，拒绝与她来往。亲情的冷漠已经足够让赫蒂心灰意冷，但是社会的冷漠更是让赫蒂几乎无立锥之地。周围的邻居不能接受赫蒂的生活方式，认为她是一个神经病从而拒绝与她交流，地方当局出于政治目的决定对赫蒂居住的街道进行整修，她租住的公寓面临拆迁，于是她被安排到养老院中居住，但是这种安排带有明显的歧视

---

① [英]多丽丝·莱辛.另外那个女人[M].傅惟慈，等，译.杭州:浙江文艺出版社，2003:137—138.

色彩。分配住房的年轻官员认为"这个骨子架样的老太婆该庆幸能在他的养老院里得到一席之地，即使——他清楚实际情况，也感到惋惜——在那里面，老人被当作不听话的呆傻儿童对待，直到有幸死去。"①当她最后栖身的房子要翻修时，"她的生命，或者说她的死亡会取决于建筑工人在一月份而不是在四月份开始翻修房屋这样一件随意决定的事情。"②曾经为儿女、家庭和社会奉献自己全部的赫蒂，在风烛残年最需回报的时候却被当作一件已经无价值的"物品"无情抛弃，陪伴自己走向死亡结局的只是一只和她身世一样凄惨的流浪猫，此时人对自然的冷漠描写也进一步扩展到人与人之间的冷漠。人类总认为动物是无能的，却在生命走向尽头前渴望来自动物的关怀，这不能不说是对人类中心主义的一个颠覆。其实，"人是主体"的理论有两个非常明显的弊端：一个是它强调人与外在世界构成关系时人是主体。这其中实际上隐含着一个观念，即认为人其实是支配着外在一切的主体，人与外在世界形成的是不平等的关系。第二个是当我们把眼光放在人与人之间的关系上考察时，说人是主体，就面临着是每个人都是主体还是有一部分人是主体的问题——因为人与人之间存在着话语权的不平等问题。人是外在世界的主体，也就是自然的主人，自然在人类面前是被动的，等待着人去征服它。所以为了征服大自然，作品中的人不惜牺牲其他生灵的生命，并且认为这也是值得的。猫和人类的关系表明，动物可以被批量制造、被生产消费、被拥有、被抛弃，这使人联想到当时风行的奴隶买卖及美洲土著人的遭遇。在杀猫的人看来，猫是人的所有物，而非另一个独立的个体，人有权毁掉自己不满意的或者跟自己争夺生存空间的任何

①[英]多丽丝·莱辛.另外那个女人[M].傅惟慈，等，译.杭州:浙江文艺出版社，2003:69.

②[英]多丽丝·莱辛.另外那个女人[M].傅惟慈，等，译.杭州:浙江文艺出版社，2003:70.

生灵。人类有自己的理论和理由去抛弃动物，动物根据同样的理论和理由要求书中的女主人公为自己的幸福负责。同样的话语和诉求，因为说话者身份的不同就具有了不同的效力，在人类面前，动物的反抗显得微乎其微，动物与人类不平等的对话凸显了话语权不平等的问题。因此，这两部写猫的小说尽管在主题上各有侧重，但都在陈述人与猫的关系的同时隐藏着人与人的关系，同时延伸到人类与自然万物的关系。

那么，人与自然究竟该是一种什么样的状态呢？最重要的是人类要改变对自然的思考方式，意识到"人类的团结不应再建立在对人间拯救的幻想上。这种团结的基础在于：我们意识到自己的沉沦，意识到我们处在全球纪元罗织的共同情结中，意识到我们共同面临的生死问题，意识到这个千年之末的垂危局面。"①要知道"世界的形成既不是一个有待挖掘的资源库，也不是一个避之不及的荒原，而是一个有待照料、关心、收获和爱护的大花园"。②

总之，从这些文本中，我们可以看见"狩猎"几乎成为人类对自我勇气、尊严、财富及荣誉的求证方式，而这种求证是让人类的双手沾满鲜血，以终止无辜动物的生命、剥夺其生存权利为代价的。在这种疯狂欲念的驱使下，人类也抛开了身为"上帝代理人"与"管家"所应承担的义务和应有的道德。这些罪孽深重的人对动物们所犯下的罪行没有感到丝毫的愧疚与不安，甚至反而引以为享受和炫耀的资本。尽管在《特别的猫》的第一章中，人类是为了争取生存空间才相互杀戮，而那些无辜牺牲的动物，无论是猫，还是在猎杀猫之前所出现的令人厌恶的蛇和

① Eric Reitan, Pragmatism, Environmental World Views, and Sustainability[J].Green Journal, Special, 1998.

② [英]阿·汤因比. [日]池田大作，展望二十一世纪汤因比与池田大作对话录[M]荀春生，朱继征，陈国梁，译.北京：国际文化出版公司，1985.

蜘蛛，所有因猎杀而死的动物都是对人类罪行的控诉，它们清楚地显示出人类对自然的征服和蹂躏。

那么，人类究竟如何能做到不以理性、自我意识、主体等思想来标榜自己的独特性，从而反对以自我为中心地肆意主宰包括动物在内的其他生物，甚至班这样的人类？结合人与动物关系的发展线索来看，动物（比如猫）从曾经神圣主体的身份直线降格为被任意涂炭的工具、他者及客体，这一点与人类思维的进化及科技、理性意识的发展有直接的关联。因此，答案还需回到原始思维，回到神圣动物观的思想中去——既然理性思维导致自然文明的倒退及整体感的丧失，那么当我们试着"倒退"向原始思维、宗教思维，恢复动物权利，以之作为人性重构的基础与依据时，会否将生态的重整推向前进？在莱辛的笔下，人类正在经历着这样一个道德思考中最关键的阶段，一个文化演化的非常关键的时期，文明的一个转折点。而任何一种文明的转折在其深层次上都是一种思维、宗教与道德价值观念的转折。人类道德范式现正处于革命性转换阶段，无论是要求恢复"整体感"，抑或提倡扩大道德共同体，其实都已预示着人类正试图调整现有的思维方式。

从以上分析我们可以看到，莱辛主张人与世界是一种相互依赖的生存关系，而不是一种对象性的关系。人不是一个与世界相对的主体，世界也不是相对于这个认识主体的客体。人与世界不存在主体认识如何与客体本质相遇的问题，而是要在熟悉自然万物生长发展规律的基础上，顺规律而生活，实现人与世间万物的和谐同在。

从以上的探讨我们看出，作家通过人与猫的关系的隐喻，解构了人类是万物主体的价值观。由尊重人与人、地区、种族、国家间差异延伸到自然万物间的彼此尊重，以实现人与自然的和谐发展。也只有如此，人类社会的延续和发展才能得到保证。这是作者留给我们思考的问题。

正如德里达所说："自从有时间以来，长期以来，猫虽然一言不发，但是它一直在召唤自己，召唤我，提醒我不要忘了《创世记》这个令人不快的故事。人类和动物究竟先有谁，在有名字之前是谁先出现的呢？很久以前，是谁先看到对方来到这个世界呢？谁先占据了这块地方？谁是主人？谁是臣民？谁长期以来一直保持着暴君的角色呢？"①

①[法]德里达. "故我在"的动物//汪民安，主编. 生产：第三辑[M].史安斌，译. 桂林：广西师范大学出版社，2006:90.

第2章　对权力关系的解构

2.1 家庭中权力关系的解构

　　莱辛通过家庭中的权力关系这一微观问题以小见大，在对现代性进行批判的同时，表达出对社会、知识、既定规则和主体性产生的质疑。米歇尔·福柯认为："在男人和女人之间，在家庭的成员之间，在老师和学生之间，在有知识和无知识的人之间，存在着各种权力关系。"[①]本章将围绕"家庭成员之间的权力关系""婚姻之间的权力关系""有知识和无知识的人之间的权力关系"三个方面对莱辛的小说进行分析。首先是家庭中的权力关系：一般而言，和谐家庭中的父母与子女双方应该是和谐而融洽的，但莱辛的作品中这种关系却体现出维护与消解的双重意味。父母对子女的控制一般会引起子女的反抗，于是家长的权力被消解。但被"压迫"的子女同时反而充当了父母的帮凶，来控制其他晚辈，继而被控制的晚辈又开始反抗，再一次消解父母和长辈的权力关系，这样的动态关系使得家长的权力不断地被消解。莱辛正是通过家庭中权力循环往复被消解的过程，以讽刺的方式表达出权力本是由人创造出的，但是权力反过来也对人类与生俱来的原始和生机勃勃的力量进行

[①] Michel Foucault. Foucault live：（interviews，1966—1984）[M]. Ed by Sylvere Lotringer. Trans. Lysa Hochroth and John Johnston. New York：Semiotext（e），1996:441.

遏制和消灭，造成了人性的异化和扭曲。

2.1.1 家长权威的消解

家庭这一基本的社会场景常常出现在莱辛的作品中，围绕着家庭发生的各种故事代表着社会的各个横断面，莱辛通过一系列以家庭生活为重点的小说表现出权力产生于家庭也同时在塑造着家庭这一问题。在后现代语境下，随着"宏大叙事"的消解和中心的弥散，传统上约定俗成的种种界限受到了挑战，在阶级、种族、性别和性取向等意识形态的各个层面上都有所体现。在开阔的视野下，莱辛在作品中将这些层面更直接地与其他我们更熟悉的社会生活联系起来，比如家庭、文化社群和社会等级结构等，对家庭中的权力关系予以分析和观照，无疑能够促使人们思考并反省自身。

长久以来，权力一直是西方政治哲学中的一个重要概念。人们对权力的问题众说纷纭，见仁见智。大多数学者一般都将权力看作某个人或某个组织影响、支配或控制其他人或其他组织的能力。从柏拉图、亚里士多德到现代的西方政治哲学家们，都认为统治权是权力问题中最核心的内容，尤其是国家权力的问题。谁来掌握统治权一直是权力理论的焦点，从而成为西方政治理论的"话语霸权"。然而福柯的权力理论则与西方政治哲学的这种传统有所不同。"我的目标是……一直是想创立一门关于各种不同塑造模式的历史学，凭借这些模式，人类在我们的文化中被塑造成了主体。"福柯看来，传统的政治理论并没有很好地解答权力的问题。他认为近代以来有两种主要的权力模式，即马克思主义的经济学模式和法理主义的法权模式。而这两种模式都是从经济中演绎权力的，没能真正说明权力的本质问题。福柯通过尼采理论的影响分析了权力。尼采认为，人总是以自己的要求决定自己的需要，然后事实是符合这一需要的。所谓哲学的绝对真实只不过是占据支配地位的权威和所代表的意识形态来规定的。福柯同样反对从哲学的内部或者某一占据核心地位的哲学高度俯瞰世界。他在历史、哲学的研究中挖掘社会、知识、话语和权力，分析诸如精神病、监禁、犯罪和学科历史起源的真相，以此开始他对现代性和人本主义的批判，并进一步质疑社会、知识、理性、既定的社会制度和主体性。西方传统的权力理论是一种宏观的政治概念，而福柯是从相对主义的立场上解析权力，体现了后现代性的微观政治理念，强调权力是关系，是网络，同时指出了权力的分散性和多元性。

根据福柯的定义，除了宏观的权力关系之外，权力关系还包括微观的人际关系，尤其是"一个人企图控制他人行为"的关系。具体到家庭中，权力关系导致了家庭成员之间控制与被控制的关系。那么家庭中的权力到底是由谁实施的呢？福柯认为，权力如何发生、如何运作的问题远比权力由谁实施的问题更重要。"即使把这些'决策者'一一指明，我们仍然并不知道那些决定为何作出，怎样作出，怎么为大家所接受，又怎样对某些人产生了伤害。"①关键是要分析权力是如何运作的，才能真正理清权力到底是什么。在对权力的机制分析中，最广为流传的是福柯所提出的规训性权力，这是《规训与惩罚：监狱的诞生》中的核心概念。在书中，福柯指出规训性权力是对人的肉体、姿势和行为进行操纵的权力技术，通过监视和规范化裁决等手段来规范个人，制造出只能按照一定的规范去行动的驯服的肉体。这种支配和控制并不是借用暴力使人屈从，而是通过日常的规范化的检查和训练来达到支配、控制的目的。"这是一种谦恭而多疑的权力，是一种精心计算的、持久的运作机

---

① [法]包亚明，主编.权力的眼睛——福柯访谈录[M].严锋，译.上海：上海人民出版社，1997:29.

制。与君权威严的仪式和国家重大机构相比，它的模式、程序都微不足道。"①可见规训性权力只能算微观的权力技术、策略、机制，它体现在日常的社会活动中。作为日常生活的主要场所之一，莱辛笔下的家庭权力关系同样复杂，家庭中的长辈和晚辈、丈夫与妻子并不是简单的管教与服从、控制与被控制的关系，而是处于不断消解权威、相互控制的动态关系中。

具体到莱辛的小说中，家长的权威是通过子女的反抗被消解的。《第五个孩子》中的朵拉斯可以算是家长权威的实施者，她经常干预女儿的生活，在海蕊的童年时代就经常用"这样不对"去规范她的行为。她所谓"自己的生活"就是轮流拜访三个女儿，且常用长辈权威不容置疑的口气指导年轻的夫妻："我必须和你们谈谈——先别打断，坐下听我说……"②或是："女儿，如果我给你点逆耳忠言，你不会说我爱管闲事吧？"③以至于海蕊抱怨："天，糟透了，老妈整天在跟前。"④福柯称这种注视性的控制为"权力的眼睛"，"只要有注视的目光就行了，一种监视的目光，每一个人在这种目光的压力之下，都会逐渐地变成自己的监视者，这样就可以实现自我监禁。"⑤母亲通过监视和规范的权力使海蕊形成了保守、脆弱和没有主见的性格。而母亲对权力的要求，其实是莱辛对权力无处不在的表达方式。可见现代社会所形成的规

①[法]米歇尔·福柯.规训与惩罚：监狱的诞生[M].刘北成，杨远婴，译.北京：生活·读书·新知三联书店，1999:193.

②[英]多丽丝·莱辛.第五个孩子[M].何颖怡，译.台北：天培文化出版社，2001:100.

③[英]多丽丝·莱辛.第五个孩子[M].何颖怡，译.台北：天培文化出版社，2001:107.

④[英]多丽丝·莱辛.第五个孩子[M].何颖怡，译.台北：天培文化出版社，2001:28.

⑤[法]包亚明，主编.权力的眼睛——福柯访谈录[M].严锋，译.上海：上海人民出版社，1997:158.

范和标准塑造了人的灵魂，支配了人的行为，发挥出比暴力或直接压制更为有效的权力作用。

但是在大卫的支持下，海蕊也会奋力与家庭中长辈的权威抗争，无视母亲的警告生下了班。由于无视长辈的斥责接二连三地生下孩子，这种行为在老人的潜意识里是一种越界的表现，使朵拉斯感到了权力的丧失，开始变得沉默、易怒。莱辛通过对以朵拉斯和海蕊为代表的权力者的物质化和非人性化等手段颠覆了权力的神圣性。在海蕊对母亲的反抗中和班对海蕊的反抗中体现出反权威者通过自己的"非道德性"与"非人性"的反秩序行为，表明自身的"道德完整"与人性满足，从而获得消解权威的精神愉悦。其中海蕊是一个关键人物：一方面朵拉斯和海蕊之间一直在为如何对待班的问题上争执不休；另一方面她开始质疑为什么自从班出生以后，她总是被母亲当成罪人。但是她并没有认同母亲的想法，而是默默地告诉自己，自己并没有罪，自己才是遭受到不幸的人。就这样，在统治权力话语规范与人们行为模式的缝隙中，她进行着反叛和挑战，尽管并不彻底。对家庭中代表统治阶级的母亲提出质疑，使海蕊的不满得以宣泄。但是她的不彻底之处在于，尽管不想让别人知道，她也对班产生了怀疑，并对他采取了一系列行动企图改造他，这时海蕊也变成了权力的实施者。

在小说《玛莎·奎斯特》（Martha Quest）中，主人公玛莎是一个十几岁的少女，出身于中非一个英国殖民农场主家庭，父亲孱弱多病，自私冷漠，母亲总是以爱之名对她进行道德绑架和精神控制。玛莎非常喜欢读书，尤其爱好诗歌和文学。不幸的是她在中学毕业前患了眼疾，不得不弃学回到农场生活，然而家人的不理解和控制使本该青春阳光的少女每天郁郁寡欢，甚至心里充满了愤怒，无处发泄。当玛莎反抗母亲控制的时候，父亲常常是回避和缺席的，家庭气氛更加失衡和恶化。

"奇怪的是，多少年来奎斯特太太一直指望玛莎能够出类拔萃，这会儿却如此轻易地接受了她眼睛受损的事实，甚至坚持说损伤是永久性的，而连玛莎自己都开始动摇。奎斯特太太一进城就把情势掌控在手中，玛莎觉得自己被驱使着……这件事的结果是玛莎回到农场——好放松眼睛，奎斯特太太如是向邻居们解释道，她似乎对整件事抱着一种奇怪的骄傲，这使玛莎感到不安。"①

　　奎斯特太太的精神生活非常贫瘠，也没有什么爱好，唯一的消遣是跟其他太太谈论一些八卦。她和很多母亲一样，温柔和蔼。同时她对奎斯特先生的颓废和郁郁寡欢束手无策，夫妻之间没有什么共同语言，非洲农场的荒凉和艰苦也让她感觉焦虑和困扰，这一切打破了她对理想生活的建构和对未来的掌控，无法获取价值感和安全感。小儿子离家去读书后，患了眼疾的玛莎可以整日陪在她的身边仿佛让她开心和骄傲。面对玛莎时，她总是语气温柔而坚定，感到自我有能力而且有充分的理由对其进行管束。她对玛莎非常关心，母亲爱孩子是天经地义的，"爱"的权力成功地绕过了奎斯特太太的自我防御机制，让她用这种方式获取了内心的价值感和安全感。另一方面，玛莎面对自己的朋友玛妮和科恩兄弟，包括面对其他人际关系时会产生巨大的压力感，而且经常表现得自卑、无力，对他人有回避和不信任，甚至对母亲产生愤怒，这让她自己都很吃惊。这正是因为她从小到大都处于母亲权力的包裹之中，有相当一部分其实是奎斯特太太也不自知的控制。奎斯特太太一贯的温柔保护和耐心劝诚让她感到迷惑、痛苦而又不自信，在迷茫、愧疚和抗拒几

---

① [英].多丽丝·莱辛.玛莎·奎斯特[M].郑冉然，译.南京：南京大学出版社，2008:35.

种感受中，产生内心冲突。有时她面对父母明明感觉很压抑，但是奎斯特太太期盼的眼神让她不知道自己究竟是该感恩还是该拒绝。因此在面对他人时，她也常常表现得很矛盾。

当玛莎坚持要自己从车站步行回家的时候，奎斯特太太出于对女儿的关心表示了反对。

这可不是英格兰。"奎斯特太太颤抖地说，她的脑里已经充满了可怕的场景，想象着万一玛莎遇到一个邪恶的当地人会发生什么样的事情。玛莎反诘道："我在农场上几英里几英里地到处走，不知道为什么那就一点关系也没有。你怎么能这么没有逻辑？""啊，我不喜欢你那样，而且你也保证过不会离家超过半英里。"玛莎愤怒地大笑起来……"哦，我的天！"奎斯特太太无助地说。①

奎斯特太太对玛莎施加的权力变得像一张看不见的网，禁锢着她的思想和行动，有时会让她感到痛苦却觉得自己不配痛苦，感到委屈却觉得自己本不该委屈。很重要的一个原因是玛莎已经内化了母亲的评判标准，无法接纳自己真实的情绪与感受。于是，她被两种截然相反的感情来回撕扯着。当玛莎的内心对父母开始产生怨恨和怒火时，她却无法接纳自己对于父母的恨，其难度胜过了她接纳自己的痛苦与委屈。

"你一定累了，宝贝；别把自己弄得太累，亲爱的。"当她对玛莎说这些话的时候，玛莎觉得自己也被噩梦攥住了……然后不得不把

①[英].多丽丝·莱辛.玛莎·奎斯特[M].郑冉然，译.南京：南京大学出版社，2008:38.

自己摇醒。"我决不会累，"她厉声对母亲说道……但奇怪的是奎斯特太太甚至没有对此提出质疑。她的脸上呈现出耐心而悲哀的线条，永恒的母亲双手捧着睡眠和死亡，像一团甜蜜、有毒、让人遗忘的云雾——这就是玛莎眼中的她，宛如那攫住她的噩梦中的一个邪恶的角色。"①

玛莎与奎斯特太太在权力的争夺中来回博弈，互有"胜负"，即使奎斯特先生努力调停也无法化解双方的矛盾。通常，十几岁的子女因为经济还未独立，大部分只能屈从于父母，服从于他们对自己欲望的控制，不自觉地把自己物化，由此来被动地获得父母的关心和爱护。同时，在感到受父母控制之时，子女也会愤怒地觉察到自己成为了受权力关系主体控制的对象，伴随着这种人性本身自然发生的愤怒和摆脱"物化"的渴望，子女的自我意识也再次被激发，抗拒被作为物的过程中使自己异化成为人。最后，权力的博弈因玛莎离家而结束。"权力从未确定位置，它从不在某些人手中，从不像财产或财富那样被据为己有。权力运转着。"②福柯认为，权力是多形态的，流动的。"只存在着某种关系性的权力，它在无数个点上体现出来，具有不确定性。"③可见权力并不是像马克思主义所认为的"物"，纯粹是一种关系，不是可以获得和占有的。在小说《第五个孩子》中，女主人公海蕊既是被父母权力支配的对象，也是同时实施权力的角色，此时的权力关系并不是统治阶级与被统治阶级之间的二元对立，传统权力被消解。

---

①[英].多丽丝·莱辛.玛莎·奎斯特[M].郑冉然，译.南京：南京大学出版社，2008:32.
②[法]米歇尔·福柯.必须保卫社会[M].钱翰，译.上海：上海人民出版社，1999:27—28.
③陈炳辉.福柯的权力观[J].厦门大学学报（哲学社会科学版），2002（4）:86.

在与母亲和儿子的权力关系中，海蕊既是权力实施的对象也是权力的实施者，怀孕期间为了让班不在体内折腾，海蕊开始用现代科技的产物——镇静剂来对付他。在大孩子们不在时，她会强行把班抱到自己的床上，宠爱他、和他玩耍，试图用"爱的教育"感化他。但是班同海蕊之前听话乖巧的儿子都不一样，懵懂的他也用自己的方式对海蕊的改造进行对抗：他抗拒、斗争、抵抗，甚至会狠狠地咬海蕊的手指，同时脸上显现出胜利的冷笑。海蕊教他用餐的礼仪，并告诉他什么是可以吃的。但是在海蕊不在的时候，班偷偷地生吞了冰箱里的一只鸡。通常在母亲和幼年儿童的关系中，母亲会拥有至高无上的权力：给孩子吃什么样的食物，怎样教育小孩，通过何种方式……但是与大多数婴儿不同的是，莱辛选取家庭场景中平凡的小事，通过对班的一系列坚强不屈的反抗描写，使得母亲的统治权力被消解，权力再一次被解构。但是值得注意的是，虽然莱辛小说中每个个体都可以拥有权力，无论是海蕊还是班，但任何一种权力都不具备凌驾于其他个体的最高权威。莱辛通过对家庭中不断消解的权力的描写使得所有的基本价值模式都遭到了质疑——对所有价值的重新评价，它使我们远离了建构一种固化道德共识和美好社会的可能性，并对家庭中的"他者"给予关注和同情，倡导以人道主义的立场尊重任何生命，以宽容的态度理解和接纳边缘性人群。

2.1.2对兄弟姐妹关系的解构

除去以上讨论的家庭中父母与子女的关系以外，丈夫与妻子、兄弟与姐妹两种关系也是最基本的家庭关系。黑格尔指出："弟兄，对姐妹说来，则是一种宁静的等同的一般本质，姐妹对他们的承认是纯粹伦理的，不混杂有自然的（快感的）关系。"① "宁静的等同的一般本质即是普遍的、纯粹的伦理，故兄弟姐妹间以在个别性基础上的团结友爱作为最高伦理境界。"②可见只有在兄弟姐妹之间才能发现纯粹的关系，并被视为人类最高等的爱。莱辛通过对家庭中兄弟姐妹之间关系的解构推翻了传统伦理思想，并粉碎了自然人/社会人之间的界限，质疑了人类生活的状态。

通过黑格尔对兄弟姐妹关系的论述，我们可以发现，一般认为，兄弟姐妹之间的关系与父母与子女的关系和夫妻之间的关系都有所不同。丈夫与妻子之间的关系是以对等的相互承认为特征的，而父母和子女之间的爱以年龄的不等为特征；只有兄弟姐妹之间不受感性的束缚，因为他们以自由个体的方式存在而且未掺杂其他东西。由于处于同一个血缘，他们之间的关系达到了宁静与平衡。"他们既不相互渴望，也不使自己沉溺于另一方或从另一方获得自己。"③与夫妻关系产生的结果不同，兄弟姐妹随着各自的长大并组建新的家庭，这样家庭就开始向社会过渡，兄弟姐妹的关系也开始转变为社会人际关系。可以说兄弟姐妹的关系不仅以爱为基础，而且是人的属性转变中关键的一个环节。

在莱辛的作品《第五个孩子》中，四个孩子对于班的态度一直在发生转变。在看到班的第一眼时，他们对班非常友好，像对待成人似的跟他打招呼。珍甚至尝试着亲近班，但是遭到班的拒绝："珍去摸班的脚，却被他猛力踢开。"④随着时间的推移，路克和珍开始对班表现

①[德]黑格尔.精神现象学：下卷[M].贺麟，王玖兴，译.北京：商务印书馆，1979:15.

②赵庆杰.家庭与伦理[D].南京：东南大学，2005:103.

③赵庆杰.家庭与伦理[D].南京：东南大学，2005:103.

④[英]多丽丝·莱辛.第五个孩子[M].何颖怡，译.台北：天培文化出版社，2001:81.

出冷漠和恐惧，进而开始躲避他。而保罗更加恶劣地嘲笑、挖苦和戏弄班。而班也同样采取了反击，甚至试着杀死哥哥保罗，幸运的是母亲的及时发现避免了惨剧的发生。在这里，兄弟姐妹之间的宁静与平衡遭到了颠覆，更不用提黑格尔所谓的"最高伦理境界"。由于兄弟姐妹间感情的隔膜，家庭也开始变得四分五裂，孩子们出于对班的恐惧纷纷选择上寄宿学校或是跟祖父母生活在一起；这一举动让班变得更令父母难以忍受。由于不被家庭接纳，更导致其难以被社会接纳，于是班无法变成"社会人"。在传统的伦理价值中，单独的个体只是作为自然人存在，只有当其被纳入了家庭这样的基本单位中，具备了初步的人际关系，自然人才有可能被称为"社会人"，只有"社会人"才能被看作整个庞大社会体系的有机部分。具有边缘身份的班打破了被人类善良的愿望所粉饰的传统兄弟姐妹伦理关系，将整个家庭的人变成了一堆行尸走肉，把家庭所固守的伦理准则摧毁。

2.2 对婚姻中权力关系的解构

　　无论是对个人还是整个社会而言，婚姻都是个很重要的社会现象。"可以说，人类的延续在很大程度上取决于婚姻的存在。"[①]男女两性权力关系的探讨，更离不开婚姻。女权主义的观念认为，社会建立于一个男性被给予更多特权的父权体系之上。和之前讨论的莱辛作品中的"两性和谐"不同，在以下的讨论中，丈夫虽然在家庭中有权威，但是在家庭的外部空间有更大的权力对其进行压制，这造成了压制的永无休止。即使丈夫放弃家庭中应有的权力，使权力"不在场"，仍然没有

①苑国华.论"实利婚姻"——以韦斯特马克的《人类婚姻史》为例[J].长春工业大学学报（社会科学版），2006（3）:118.

得到幸福。莱辛通过婚姻中权力的缺失体现出现代社会对男性残酷的压制，形成了对家庭中的所谓3强者的解构；同时分析了婚姻中夫妻双方实质上是互为自我投射镜像的关系，揭示出主体内"他者"的声音，对主体进行了解构，反思人的精神困境。

2.2.1 强者角色的消解

莱辛笔下的迪克给人印象颇为深刻，因为他是为数不多的对城市感到恐惧和反感的男性。他拒绝时髦，讨厌电影院，对城市侵占郊区的速度感到愤恨。而"速度是现代性的标志，都市一百多年来的发展历史就是一部'提速'的历史"。[①]这无疑是对现代社会的一个隐喻。随着科学技术的发展，人们的生活方式也发生了改变，人类越来越脱离了自然，丧失了诗意。这样的社会遗忘了人的存在、人的价值、人的尊严，扼杀了人的创造性、想象力、自主性。可见迪克对城市的不适不仅仅是对陌生的区域感到焦虑，更多的是对当代文明最基本的前提和价值产生质疑。

迪克第一次进城就出现了"面对千疮百孔的郊区，恨不得宰了那些银行家、金融家、商业巨头和职员"[②]的想法。对自然的征服带给人们舒适的同时，也引起了热爱自然之人的惋惜与愤怒。海德格尔曾说："拯救地球靠的不是统治和征服它，只需从无度地掠夺破坏向后退一步。"进而达到"最根本的四位一体——大地到天空、神性与道德——结合成一体"。他特别强调了这个整体的各方不可分割的紧密联系："任何一方都不是片面地自为地持立和运行的。在这个意义上，就没有

---

① 肖庆华.都市空间与文学空间——多丽丝·莱辛小说研究[M].成都：四川辞书出版社：2008:135.

② [英]多丽丝·莱辛.野草在歌唱[M].一蕾，译.南京：译林出版社，1999:42.

任何一方是有限的。它们无限地相互保持，成为它们之所是，根据无限的关系而成为这个整体本身。"①在"海德格尔看来，一个天地隐匿、诸神逃离、万物被掠夺的世界不是真正的世界，而是一个地基被毁的深渊，悬于深渊中的'现代人'是无家可归者。"②迪克恰恰是一个现代人的真实写照，只有在乡村环境中，对城市生活的不可预测性和混乱感才能消失，这里也表现出迪克是一个肯定传统观念、怀旧的人，因为乡村生活象征着安静和稳定。在乡村，人们远离了城市生活的喧嚣和紧张，得到了真正的自由。但是由于每次进城的经历都让迪克感到寂寞和恐怖，在城市中，他感觉自己无法被城市认同。而玛丽的现代和对乡村的鄙视让他愈发无法接纳自我，感觉非常自卑，这也造成了迪克的痛苦根源。婚后，迪克开始用一种新的角度来审视自己，审视自己的家庭，然而这一点反而又加重了迪克的痛苦。两人刚结婚之时，尽管迪克很不适应玛丽的城市时髦装束，但还是用带着胆怯的崇拜心理接触她，像一个孩子一样渴望玛丽的关心和陪伴。每当他觉得自己被城市生活和玛丽所轻视了，拒绝了，他的内疚感就会告诉他说，他不配有过高的要求。于是他选择了把更大的精力投入农场中，麻痹自己，逃避现实。然而农场的收成也并不乐观，每当发生灾害他的农场总是首当其冲，损失重大，甚至其他的农场主都叫他"约拿"。③亲近自然的人并没有得到自然的恩惠，可见迪克虽然扮演着丈夫的角色，并承担着家庭的大部分劳作任务，但内心深处他并没有能力驾驭家庭这艘船，显得软弱无力。这是对一般的家庭中夫妻角色的消解，表现出人与自然分离后人类之间的

---

① [德]海德格尔.荷尔德林诗的阐释[M].孙周兴，译.北京：商务印书馆，2000:210.
② 余虹.艺术与归家——尼采·海德格尔·福柯[M].北京：中国人民大学出版社，2005:扉页.
③ 译者注：带来不幸的人。

冷漠。

2.2.2 自我投射的镜像

在消解了婚姻家庭中强者形象的同时，莱辛对家庭中女性形象的描写也没有仅仅停留在婚后她们如何被男性控制的单一层面上，而是强调丈夫与妻子之间是一种自我投射的镜像关系。而按照拉康的理论，人主体的确立其实并不是依靠个人完成的，恰恰是在他者的眼中完成的。因而，他者可以看到"我"当中另一个不为"我"所知的自己，而这也正形成了对主体的解构。通过这样的解构，莱辛表明正是这种镜像关系把夫妻双方紧密地联系在一起，并且背上了更为沉重的枷锁，无法逾越自身身份的界限。

拉康的"镜像阶段"理论指出这样一种现象：婴儿看到镜子中自己的镜像时，会对镜中的形象产生长时间的兴趣。起初，婴儿还不能区分自己的镜像与他人他物的镜像；但是随着婴儿发育，活动能力增强，"婴儿发现了镜像活动与自身活动之间的关系，并为自己的发现感到欢欣雀跃。"[①]拉康指出，婴儿在镜子前的这种表现实际上是婴儿心理形成的一个非常重要的步骤，他们是利用反映于镜子中的身影确认自己的形象，这种确认使婴儿逐渐摆脱了"支离破碎的身体"，从而获得对自己的身份的基本统一性认识。换句话说，婴儿在镜中看到了自我，更确切地说是镜中的映像促成了婴儿心理中"自我"的形成。婴儿心里有了"这就是我""我就是这样"的想法。但是拉康告诉我们，在这瞬间的欢喜雀跃中，悲剧也就开始了，这是因为这个自我的形成及其内容远不如人们想象得那么直接和可靠。婴儿看到的只是一个虚像，因为镜像与镜子前的人恰好是相反的，由此可见，人的自我形成的第一步就是建立

---

① 朱刚.二十世纪西方文艺批评理论[M].上海：上海外语教育出版社，2001:123.

在这样一个虚妄和误识的基础上的，披上了他者的外衣。在镜像阶段的认同过程中，婴儿发生了一个根本性的转变：自我变成了镜中的影像，主体与自我既是联系的，又是分离的。

具体到作品中，两对夫妻都因为互为镜像的关系，不断强化了对自己的束缚。玛丽与迪克之间的关系构成了一种自我投射的镜像关系。一方面，玛丽是"女性自我"在"他者"身上的投射。如同"双重自我"的镜像特性一般，对同样陷于困境中的迪克，玛丽由同情和可怜变得只有厌恶，因为她的忍让和压抑恰好反映了迪克自己的状态：他在她身上看到了他自身压抑、扭曲的自我。总之，玛丽内心挥之不去的恐惧和痛苦源于苛刻的自我审视：特殊的成长环境使她等级观念根深蒂固，在内化了传统的价值判断标准的同时背负上沉重的传统包袱。因此，既定的种族秩序和等级体系不仅是玛丽无法逾越的，而且她内心深处渴望打破种族和性别身份界线的理想注定会被毁灭。

同样，以海蕊和大卫为例，两人被视为怪胎，与周围人格格不入的一个重要原因就是他们对性的看法，大卫不喜欢生活随便的女人，前女友的开放和随意让他无法忍受。受到母亲的影响，大卫衣着讲究舒适，似乎刻意唾弃流行，不喜欢浮夸的精神和举止。海蕊也是一样，朴素的衣着让她"和背景融成一片"①，她还是处女的事实受到周围姊妹的嘲笑，这样的批评让她感觉到自己某些方面有缺憾，绝望地认定自己是一个不合时宜的人。在派对上，这两个"古怪"的人——海蕊和大卫不约而同从自己的角落走向了对方。不约而同这点很重要，"是的，完全同一时间……"②他们相谈甚欢，相见恨晚。在大卫的身上她获得了

①[英]多丽丝·莱辛.第五个孩子[M].何颖怡，译.南京：南京大学出版社，2008:14.

②[英]多丽丝·莱辛.第五个孩子[M].何颖怡，译.南京：南京大学出版社，2008:17.

自我身份的认定，并得到了身份认同，镜像的建立标志着她找到了生命本体的意义；同时这种互为镜像的关系也进一步使大卫加强了对自己的束缚，削弱了对社会的反抗。人如果不在反复的"认同——破灭——认同"的螺旋模式中构成主体的发展和实现自我，也就是不发现之前认同的误认性，就无法深入地认识自我。

莱辛通过夫妻间互为镜像的关系，对主体建构进行了解构。任何一个主体的确立其实都依靠他者，而在主体内部其实就有一个他者的声音，这就是主体不为人知，甚至不为他自己所了解的"另一个我"，这"另一个"虽然总是处于隐蔽的状态，或处于主体压迫的状态下，但不断地对那个在场的"我"——主体进行干扰。只有打破自己的"镜子"，才能不断向理想自我靠近。

2.3 知识对社会等级秩序的解构

权力不但与家庭和婚姻有关，与知识之间也有不可分割的关系，因此同样无法与社会阶层分开。知识是一种抽象的、概念化的认知方式，但真实生活的切实可感永远不可能被知识完全概括，这也是为何西方后现代思想家不断强调非理性、无意识、感觉经验，都是为了逃离知识同一化、简单化的控制，因为它削弱了一个生动而又复杂的经验世界。在莱辛的《第五个孩子》和《玛拉和丹恩历险记》中，通过对社会底层人与教授阶层代表之间的冲突，用讽刺的写法表达对知识决定社会阶层的思想的质疑，强调了权力在提高和实现人自身价值的同时，也形成了文化的分裂。同时以非理性结尾解构了知识的无所不能，对现代文明进行了深入批评。

2.3.1 对知识决定社会阶层的讽刺

自古以来，人们都非常重视知识。知识就其原始性而言，"仅是人类在其日常生活和社会实践中，通过求知欲和好奇心的驱动，经由思维作用所获得的结果，因为它往往具有认识主体对认识客体的直接性、纯洁性、正当性、审美性和独立自存性等特征。"[1]然而知识很快被人类积极地采纳和利用，并且迅速渗透到人类社会的诸多领域，形成了与权力密不可分的关系。同时，知识也通过运用与被运用的关系得到迅速和全面的发展，演变成今天这个包罗万象的知识海洋。知识和权力发生紧密联系，成为权力运用工具的原因是当权者看到知识中蕴含着无穷的能量。于是，18世纪的工业革命将科学技术转化为生产力以后，知识就紧紧地与权力相结合，远远超过了其他文化，处于至高无上的地位。那么知识和权力之间到底是什么样的关系呢？

权力可以影响人们相信什么，或者是做什么，但是哪些事情是真的，与权力无关。同样，无论权力是否支持和认同知识，都不会影响权力本身的存在。但很重要的是，权力通过知识可以巩固自身的地位，加强权力的力量，知识通过权力可以得到传播和抑制。虽然在一定的历史阶段中，知识和权力具有一种外在关系，但是随着社会的发展，两者一直在相互作用，相互渗透。这就导致知识和权力都在某些程度上发生了变化，其中最突出的变化之一，就是知识越来越拥有权力，权力也越来越依靠知识。福柯认为，现代社会的知识与权力属于"直接相互连带"的关系，共同实施着对人的身体行为的监控和约束。通过对疯癫史和监狱的考察，他发现文明社会对人的肉体和精神的压迫并未解除，只是转换了形式。

在《第五个孩子》及其续集中，作为隐喻，男女主人公海蕊和大卫的相识就可以被作为现实社会权力关系的缩影。他们虽然在肉体上是自

---

[1]张之沧.从知识权力到权力知识[J].学术研究，2005（12）:14.

由的，但精神、行动上处处受制于人。虽然他们二人都不想参加公司的派对，却不得不到场。即使没有人强迫他们这样做，他们也在强大的无形的压力下出场了。这也正是现代人不得不面对和经历的困境，很多情况下没有肉体的限制、更没有行政命令的强迫，但就是不得不做自己反感甚至厌恶的事。人仿佛都处在无形的大手的操控中，只能任其摆布。而力图将秩序与进步所固有的象征等级拆散的不仅仅是大卫与海蕊，还有他们的儿子班。他们有拆解社会等级秩序和社会规约的愿望，却难以采取行动。因为他们本身就是等级秩序的维护者，虽然是被动的，但他们实际上同时也制约着比他们等级更低的人，无形中充当了维护等级秩序的卫道士。而班由于被遗弃，过早地走向社会，遇到了现代社会一些新的社会类型的人（比如所谓游手好闲的人），他们标志着"破碎以及现代性阴暗里的生命力和活力"。①班和其"社会下层"的朋友因受到的制约相对较少，反而蕴含了反抗常理和超越常规的动力，同时具有拆解秩序与进步所固有的象征等级的意味。

　　"聪明者"并不是"高贵者"，"愚笨"者反而闪耀着人性的光辉。可以看到莱辛同情的是所谓的边缘人群：被视为"怪物"的人、被家庭抛弃的老人、游手好闲者、妓女等，他们是现代制度打着社会的秩序旗号要去救治和消灭的一群人。班由于智力水平低无法工作养活自己，于是处于狼狈不堪、孤苦无依的困境中。其间他遇到了想要凭借他奇异的外貌让他拍电影，并想方设法从中大赚一笔的导演和企图利用他来揭开人类基因之谜的教授科学家。与班遇到的老妇人、妓女和无业游

---

① [英]迈克·费瑟斯通.消解文化——全球化、后现代主义与认同[M].杨渝东，译，北京：北京大学出版社，2009:102.

民相比，导演和教授是有知识有文化的社会精英分子，属于上层社会的精英人士，但是反而是这些人以"造福社会"和"科学研究"的名义疯狂地压榨和虐待班以牟取私利。相反，真正关爱和理解班的是所谓的"下层人"，把他从科学家的手中救出，让读者对传统的社会阶级产生了质疑。

社会的发展和不同的社会阶层反而使人处于分离的状态。在这种境况中，人既不能认识他人，也不能认识自己，于是越来越陷入沟通的失语状态中。教授来自美国的某所著名学院，把妓女德蕾莎看作一个无知的人，拒绝继续与她沟通。因为他们之间根本无法沟通，只会阻断一切沟通和对话，人与人之间的隔绝也日益严重。但是由于绑架班的人都拥有权力，也拥有知识，他们很快就会想办法用合法的手段拥有班。绑架班的行动失败以后，他们会寻求法律做后盾，班很快会因为某个莫须有的罪名而被捕，这是福柯所说的通过制造真理而行使权力的真实写照，不能不说这是人类的悲哀。即使在现代社会中，阶级等级制度不仅依然存在，不同阶层的人相互之间几乎从不接触，更不用说沟通和理解。知识和信息越来越成为新的权力，这些权力在提高和实现人自身价值的同时，强化了他们之间的对抗，也形成了文化的分裂，这无疑是莱辛对知识与权力权威的一个极大讽刺。

2.3.2　知识的消解：科技的能与不能

如果说班的遭遇消解了社会等级秩序的非人化，而科学在班的面前也惨遭同样的命运。尽管有知识有权力的人会想办法逮捕班，然而，莱辛并没有让科学和真理决定班的命运，在她的笔下，很多时候科学和理性并不是万能的。莱辛通过对知识无所不能的解构让读者无法对故事在第一时间得出理性的结论，而这正是莱辛的目的所在。在她看来，世界本身就很难用理性的逻辑推断，被人类全面掌控。

　　约翰·霍根曾说："现代科学尽管有着强大的威力和丰富的内容，但仍不足以解释存在的终极奥秘。"①在《第五个孩子》和《浮世畸零人》中，医生和科学家用了各种各样的仪器给班检查身体，试图研究班到底是什么物种，都没有成功。海蕊最信赖的布莱特医师也无法解释班的种种异常行为。当他用一句"顽皮的孩子"搪塞海蕊时，海蕊不可思议地哈哈大笑。于是布莱特医师陷入了尴尬的境地，"与她的眼神接触，认同她的谴责，随即转开眼睛。"②此处莱辛借书中人物用嘲笑的方式解构了科学知识的万能。众所周知，维特根什坦把世界分为"可说"和"不可说"两大部分。在事实和逻辑世界之上，还有一层更根本的世界，即班这个"神秘的"世界。可以看出莱辛认同维特根什坦的观点，认为科学和逻辑语言对事实和逻辑世界可以而且必须清楚地言说，而对神秘的世界则无法言说，因此科学语言应对它保持沉默："凡可以说的都可以清楚地说；而对于不可说的东西必须沉默。"③

　　在莱辛的笔下，知识同样使人的思想和感情逐渐丧失。在《玛拉和丹恩历险记》中，由于玛拉不喜欢高科技的产物——不会弄脏的布料，显得她与周围的人格格不入。因为她对布料的不解根源是对于技术的无知，即对科技进步所带来的种种好处一无所知。这是造成她和德蕾莎一样在现实生活中被人耻笑和与周围环境不和谐的主要来源。因此在其他人物的眼中，玛拉和德蕾莎这样的人是脆弱而且不堪一击的。因为她们企图简单地生活，不关心甚至抵触技术的进步。这种人的天真幼稚在那

---

①[美]约翰·霍根.科学的终结[M].孙拥军，等，译.呼和浩特：远方出版社，1997:3.

②[英]多丽丝·莱辛.第五个孩子[M].何颖怡，译.台北：天培文化出版社，2008:87.

③[奥]维特根什坦.名理论[M].张申府，译.北京:北京大学出版社，1988:17.

些对技术警觉的人的眼里是非常触目惊心的。因此周围的人总是要求她敞开胸怀，接受那些比她"高明"的人的建议和批评，而那些人给予她更多的不是建议，是冷嘲热讽。

在续集《浮世畸零人》中，班被带到所谓的"研究中心"，接受最先进科技的检查：验血、X光、验尿……当班感觉到不舒服并表现出不合作的态度时，以"科技领军人物"为代表的史蒂芬教授极力向班的保护人德蕾莎游说，对班的研究"对全世界来说都很重要"[①]。在对班实施营救的时候，德蕾莎和阿尔弗雷多目睹了"研究中心"里人间地狱的情形——班也被丧失了人性的教授像动物一样关在了牢笼里，全身赤裸，周围堆满了粪便。当德蕾莎询问阿尔弗雷多为何教授们可以如此残酷时，阿尔弗雷多羞愧地说："那是科学。"[②]此时科学不但没有解开班身份的谜团，反而成了疯狂的教授们虐待班的工具，此时的科学被质疑、考验和粉碎。

作者对于这一系列问题的思考的维度包括了环境伦理、生命伦理和政治伦理，尤其是其对于科技文明与现代战争的巨大破坏力、对生命的毁灭、对人性的异化之间关系的书写，表明了作者对于知识和科学技术伦理的特别关注和思考。在故事的结尾，莱辛以超现实的笔法实现了对于不可说东西的沉默，她描写了班在山谷中消失，并且没有交代班的身份。可以说这个结尾以非理性的描写给了工业文明和理性秩序的权威重重一击，对现代文明进行了深入的批评。这表明在人类与自然的斗争和较量中，自然界并没有被战胜，它仍然拥有无比强大的力量，对人类还击、报复，并向人类提出严重的挑战。班和各种动物在教授们眼里也只

---

① [英]多丽丝·莱辛.浮世畸零人[M].朱恩伶，译.台北：天培文化出版社，2001:174.
② [英]多丽丝·莱辛.第五个孩子[M].何颖怡，译.南京：南京大学出版社，2008:187.

是由一个个元素构成的无生命、没生机的物体。在这种观点的影响下，人与人之间的关系也变得僵硬，人们之间缺乏温情，人际关系也随之变得淡漠，接踵而至的是社会道德风尚的恶化。所以，作者暗暗指出，掌握了语言懂得文明的班不是解剖台上的一堆零部件，也不仅是动物分类演化树上猿类的一个分支，而是另一种存在。这种存在跟人一样，是有生物性、文化性、社会性及灵性的生灵。我们不能把这样的生灵等同于无生命的物体，或者是有生命的其他生物。因此，如果把班商品化，像其他生物一样被生产被消费，不仅会让人在感情上、在伦理道德上都不能接受，而且会给人类本身带来灾难。可见，莱辛笔下文明的走向表明，人类文明的进步并不是一个直线推移的过程，会产生许多不同维度的分支，而且是一个不断发生转移即转折性变化的过程，同时也包括文明方向、性质、内容的一系列转折性变化。玛拉和丹恩从极度发达的文明走向倒退，然后二人又齐心协力重建文明的描写说明：任何一种文明都不可能永远向前发展，都会在发展到一定程度之后遇到自然的新挑战，像玛拉所处的时代一样中断发展，向新文明转移。

在《第五个孩子》中，直到故事的结尾我们也无法得知班到底是何种种族，这种情节的设置即不让班被任何一种同一性的体制、制度规约。从海蕊的角度来说，她一直在想办法接近班的本质，在她看来，本质是应该在任何时间、任何人都可以接近的，它应该是普遍存在的。但是在莱辛的笔下，班的本质是不可及的、难以捉摸的。最初海蕊怀孕期间，班就在母亲的腹内对她拳打脚踢，使其痛苦不堪，这时首先提出质疑的是威廉："你到底怀了什么？"[①]因为孩子还在肚子里，海蕊只能猜测班表现异常的原因，甚至是胡思乱想，她常常想科学家做实验，

---

① [英]多丽丝·莱辛.第五个孩子[M].何颖怡，译.南京：南京大学出版社，2008:66.

将几种不同、体积也不相等的动物混接在一起，结果就是她那种可怜母亲的感觉。在等待中，对班本质的探寻一再被延迟、推迟，她只能幻想自己体内藏着恐怖的混合怪物，爪子在割破她体内柔软的组织。当班出生以后，种种异常的行为又让众人对班的本质产生了怀疑，大卫只能无奈地认为班的基因有点特别，这时海蕊又一次产生了疑问："他到底是什么？"①但是医生给班检查以后认为孩子并没有什么毛病，在莱辛笔下，这似乎就是班的本质特征，从某种意义上讲，《第五个孩子》就是讲述这种本质的不可接近性的故事，没有途径，没有方法，这种不可接近性让海蕊困惑不解。在续集《浮世畸零人》中，这种推迟和延迟也一直在进行之中，班开始自己追寻生命的本质内涵。阿尔弗雷多谎称山谷的尽头有班的同类，班开始盘算着去那儿寻找同类，但是科学家把他抓走关起来做实验，使他与自己本质的联系又一次被割断了。尽管科学家动用一切先进的科技手段也未能得到结果，班和教授相互分离，而且两人也都与班生命的本质内涵隔断。班的屡次被骗和寻找同类受阻也暗示这种对本质追寻的推迟也许是无限期的，从毒贩子到导演再到科学家，也许这样的人后面还有无数个，而且一个比一个更有力量，摆脱他们越来越困难，因此阻碍也变得更加强大，对本质的追寻也持续了一天又一天，直到小说的结尾，班消失在空气中，山谷下面只能看到一堆彩色的衣服。可以说故事完美地结束了，但是也可以从根本上说是班对本质的追寻被打断了、中断了。这种打断贯穿全文，不能被表现也无法被表达，没有人能够看透，人们永远无法靠近它，它永远是神秘的。在自然的伟大的造化功能中，永远蕴含着理性科学达不到的奥秘。现代科学也许能不断突破人的"最本真"的禁区，但不管它推进到哪里，总会发现

---

① [英]多丽丝·莱辛.第五个孩子[M].何颖怡，译.南京：南京大学出版社，2008:84.

一些人类单纯用科技无法解释的问题。我们应该用一颗敬畏之心去尊重和感悟它们。

但是莱辛对知识的解构并不是全盘否定科学和理性，她认为"自然的复魅"不是建立在与科学为敌，否定科学技术进步的基础上的。无论是"复魅"还是"祛魅"，对自然都应保持敬畏、尊重的情感；恢复大自然的神奇魅力与用科学理性摆脱迷信和蒙昧，使大自然逐渐褪去神秘色彩的历史进程并不是矛盾的。在《玛拉和丹恩历险记》中，尽管因为失去能源，很多机器都不能工作，但是玛拉还是会对许多科技发明发出由衷的感叹。尽管形式上采用童话式的奇思妙想和探险小说式的情节跌宕来隐喻人类的未来，但是也指出人类潜在的威胁在很大程度上是由人类本身造成的。严志军写道："小说对现代文明既有肯定的一面，又有批判的一面，如对赌博、嫖娼、战争、种族怨恨的针砭和对科学技术负面效应的寓言。"①莱辛表明，科学并非生活的全部内容，我们当然要发展科学、应用科学，但任何时候都不能让科学凌驾于人性之上，否则将是本末倒置。因为，科学的发展是为了使人性的发展获得更广阔的空间，而不是去束缚、妨碍人性的发展，毁灭人类的存在。

同时，莱辛认为技术为人类的体验开辟了新的天地，可见她虽然承认片面强调科学技术会造成工具理性的过度使用，会带来生态危机和自然的祛魅，但是她也承认，科学技术的进步，人类对自然了解的加深，也正好是自然产生新的魅力、新的景观的开始。事实上，莱辛对小说中出现的"返魅"描写表现出作者对人类的关注站在了一个更高的基点上，包含着她对生命整体的理解。其实，莱辛在谈到小说的作用时就有过暗示："我不停地重读托尔斯泰……就是为了得到启迪，提高对生命

---

①[英]多丽丝·莱辛.玛拉和丹恩历险记[M].苗争芝，陈颖，译.南京：译林出版社，2007:2.

的感悟力。"①并以此作为解决科学和理性与人之矛盾的方法。

　　总而言之，莱辛的小说通过对家庭、婚姻和不同社会阶层间权力的解构，消解了传统权力的中心与霸权和人的主体地位，以它特有的形式和视角观照和思考人类的生存境况。解构的目的在于关怀人类存在的终极意义，探讨文化的整体性如何被消解和现代性的复杂性。尽管权力和知识在现代社会主导着人们的大部分生活，人却不能成为单纯的权力傀儡或者是没有感情的人，也恰恰是这样的思考，使她的小说极具魅力与价值。

---

① Doris lessing. A small personal voice[M]. ed and introduced by Paul Schlueter, New York：Vintage，1975：5.

第3章　对文本的解构

3.1 莱辛创作的转型

到了二十世纪七十年代末八十年代初，莱辛将创作的大部分时间用于科幻小说的创作。对于这一转型，大部分读者和批评界既惊呼不解，又给予了很高的评价，认为莱辛的作品是对人类文明四处扩张对症下药的诊断，一个强有力的寓言。在《试论多丽丝·莱辛的"太空小说"》一文中，李福祥指出莱辛进行科幻小说创作不仅有深刻的个人原因，更有社会因素和文化发展因素的影响。那么，究竟在二十世纪八十年代，科幻小说的创作进行了怎样的转型，这样的转型又怎样为作家利用科幻小说这一文体进行契合时代的创作呢？我们将首先对科幻小说由传统过渡到现代进行一番梳理。

在科幻小说由传统到现代的蜕变中，人们对科幻小说的认识也在进一步深化。"美国著名科幻作家兼评论家詹姆斯·冈恩对科幻小说下过这样一个定义：科幻小说是文学的一个分支，它描述变革对生活在现实世界的人们所产生的影响。科幻小说可以描写过去或未来，也可以描写遥远的地方。科幻小说所关注的是科学和技术的变革；科幻小说所涉及的事件，其重要性大大超过个人或社会的意义。在科幻小说中，往往是整个文明或整个种族处于灭亡之中。"①在问及莱辛科幻小说的创作时，她这样回答："在写作这些晚近的书时，科幻小说之类的想法一直没有在我的头脑里驻足。直到有人把我的小说当作科幻小说来评论的时候，我才意识到我涉足了这个神秘的领域。"②由此，我们可以看出，科幻小说假借外星人、星际探索等假面，实际上承载着人类对自身和未来发展的思索。这种使命感和对人类命运的思索，直接影响到科幻小说从创造手法到主题思想的转变。在现代小说创新思想和艺术形式的冲击下，科幻小说作为小说体裁（genre）的一个分类，也经历了由传统叙事性科幻小说向现代元科幻小说（metascience fiction）的过渡。传统科幻小说注重外部空间，或太空世界对于人类现实世界的模拟功能，情节曲折动人，遵循线性叙事的标准，这满足了在现代科技不断发展中，消费者尤其是中产消费阶级对于技术，技术与世界的关系，技术和人类未来的探索需求，但总体来说，它是建立在相互心照不宣的基础上：即不论外部世界如何，外部世界总是我们人类社会的反映，是人类发展可以预见的未来的一部分。无可否认，尽管在主流作家如索尔·贝娄、约翰·厄普代克等人的创作中，人物性格和身份保持完整统一，但相较于元科幻小说，传统模拟类科幻小说就少了许多对人类社会的反思和批判精神，因为它们在不知不觉中犯了将人类经验总体化（totalize）的诟病。也正因如此，元科幻小说又被称为思辨小说（speculative fiction），或是自我反省式话语（self-reflexive discourse）。元科幻小说也注重对外部未知世界和空间的探索，但在这种探索中，外部空间和世界只是作为主人公进

①李福祥.试论多丽丝·莱辛的"太空小说"[J].成都师范高等专科学校学报，1998（2）:50.
②邓中良，华菁，译.《巴黎评论》莱辛访谈录[J].外国文艺，2008（1）:69.

行真正的虚构性话语的背景空间①。在对现代性、后现代性和现实主义的关系中，科幻小说也经历了从个人的神思妙想到对全体人类命运关怀的过渡，这种过渡不是退回到现实主义的创作手法，而是依循现实主义的创作理念，用更富技巧的创作手法来进行创作，即后现代主义的内涵。正如陆扬所说："西方现代艺术是物化产物，不反映社会关系，而是描述个人疯狂经验。而现实主义，表现社会关系，通过叙事和小说描绘社会总体。"②詹姆逊把打破高雅与通俗文化之间的鸿沟作为后现代主义的一大亮点，而科幻小说恰恰符合后现代主义的通俗化主张。因此，科幻小说被注入了新的活力，成为后现代时期的一朵奇葩。

科幻小说的发展也有其社会原因：进入20世纪以来，随着科学技术日新月异的发展，以及科技在人类生活中极其广泛的应用，尤其是第一次世界大战、第二次世界大战和冷战中科技对于军事力量的武装给人类文明带来的冲击引起了人们深深的思考。具体到莱辛的科幻小说创作中，她选择性地采用后现代主义的创作手法，其中既有对传统的借鉴，也有对科幻小说形式的创新。她把后现代主义和科幻两个不同的小说样式进行整合，使科幻小说焕发出新的生命力。在最大限度地展示她的后现代创新者的身份的同时，莱辛也使《什卡斯塔》《玛拉和丹恩历险记》和《第八号行星代表的产生》等作品成为后现代科幻小说的范例。这一系列科幻小说也充分说明，后现代时期的女性文学并不是一味地局限于反映女性的经历、控诉两性的不平等。女作家可以超越对女性的描写，放眼于全人类，思考和关注人类的普遍命运。莱辛在小说形式上的

---

① Ebert Teresa L. The Convergence of Postmodern Innovative Fiction and Science Fiction: An Encounter with Samuel R. Delany's Technotopia. [J]. Poetics Today 1.4, Narratology II: The Fictional Text and the Reader 1980:91.

② 陆扬.后现代性的文本阐释：福柯与德里达[M].上海：上海三联书店，2000:282.

创新为科幻小说和女性文学在二十一世纪的发展指明了方向。

　　莱辛在科幻小说系列创作中，作者始终关注的是在太空三个星球——老人星、天狼星、沙马特星及在这三个彼此形态性格各异的星球影响下，化名为什卡斯塔的星球上人们劫后余生的生活。这颗叫作什卡斯塔的星球，实际上即人类居住的地球的缩影。考克斯将作品《什卡斯塔》与帕特·弗兰克的《巴比伦，为你哀叹》（Pat Frank Alas，Babylon，1976）等一起归类为描写"核灾难后的人类生活"[①]。将人类命运与灾难，与星际之间的争夺相联系，作者的用意显而易见：只有当大的灾难降临时，人类才能够最透彻地了解自己，了解人类的未来和命运，思考科技文明对于人类文明的影响，思考科技和战争、政治之间的关系，对现代性的发展进行反思和批判。莱辛的文学创作采用了科幻小说的题材，目的是借天狼星和老人星等行星的发展历程表达她对于现代性时期和后现代时期科技发展的关注，探讨现代性时期和后现代时期人类社会的生活对于科技文明的影响，以及科技文明的发展对于人类社会的影响。

　　在具体进行创作中，莱辛重构了小说的开头，以重新组织文化和社会发端。正如杜布莱丝所说："和历史书写都属于政治行为，它们塑造了知识的范式，为事件、档案和问题的经典化推波助澜。重写开端以及对结局的悬而未决都是权威和权威授予的行为，都是重新认识世界的方法和尝试。"[②]在小说《什卡斯塔》的未开始处，作者就以题名点明玄机：《南船座上老人星：档案》系列回复：与殖民地星球5号什卡斯塔

---

① Cox Mitch. Engendering Critical Literacy through Science Fiction and Fantasy [J]. The English Journal 79.3 1990:35.

② Du Plessis，Rachel Blau. The Feminist Apologues of Lessing，Piercy and Russ[J]. Frontiers, 1979:2.

有关的乔荷（乔治·佘班）（级别9）在此星球最后时期的访问任务记录的个人、心理、历史文献》（Canopus in Argos: archives Re: Colonized Planet 5 SHIKASTA Personal, psychological, historical documents relating to visit by Johor（George Sherban）Emissary（Grade 9）87th of the Last Period of the Last Days）文章的开头，在呈现给我们一个面目全非的星球后，作者重绘了一个无忧无虑、充满希望的星球。而在文章的结尾，乔荷已然变成星球的一分子，他还要为保卫星球、完成自己的使命而战，只是这种使命早已结束，而在冰冷的安第斯山脉上，他的妻儿家人已经在寒冷饥饿中慢慢地等待，这种等待是否还有意义？当营中的凯斯姆前去寻找乔荷，乔荷告诉他：这里，我们将建一座新的城市。英雄已逝，然而英雄的旗帜不倒，在这样一部没有英雄的小说中，每个人物以他们的真实带给我们感动。撇开小说内部的互文性，这一系列的小说创作在西方现代传统可谓经久不衰：从个人主义的《恋爱中的女人》，到战争中的漫长等待《冷山》等作品，《什卡斯塔》更进一步，文章高超的写作技巧，不仅一开始就摆脱在人类狭窄情感中徘徊以求出路的圈数，更是从人类命运的高度上对更深层的政治、思想、习俗、公众与个人关系等进行或冷或热的描写，充分显示了一个成熟作家的大气和眼力。

在具体人物塑造上，作者力排众议，也跳脱出了传统小说对人物形象刻画的束缚。终其全文，读者不知道主要人物的样貌、服饰，也不知道哪些是主要人物，哪些又要被当作次要人物。小说中的人物不再具有鲜明的个性，而是变成作家用以表达个人观点的工具。比如《第八号行星代表的产生》中，第八星球生活着的居民不具有任何鲜明的个性特征，甚至没有名字，读者只能根据他们在社会中的角色对其进行区分，教师（the teacher）、医疗者（the healer）、看果园的人（the keeper of the orchards）、讲述故事的人（the teller of the story）、唱歌的人（the singer of the songs）等。

这样的描写在传统文学中是无法想象的。依照经典的小说定义，寓言型小说叙事中的人物称不上圆形人物（round character）塑造，而是各类平面人物（Flat personage）。作者往往在心中已经既有一个观念或答案，而在不同的人物中投射对这一观念、答案的求索和求索过程。正如屈原在《离骚》中的慨叹："路漫漫其修远兮，吾将上下而求索。"诗人举例诸如荷花、香草、美人等形象，其意所指仍在于所探求和坚持的"路"之上。杜布莱丝将科幻小说中出现的这种人物类型称为多角色主人公们或群聚型主人公们（multi-personed or cluster protagonists）。这种人物创作类型的好处是集团型主人公能够代表一个集体性的自我，而非个人的我，从而所提出的价值能够与集体利益相辅相成。在莱辛的多部小说创作中，带有强烈探索式性质的人物十分突出，甚至可以说是贯穿始终，如在《暴力的孩子》五部曲中（例如最后一部《四门城》中的马萨、琳达和马克），又如后期创作《简·萨默斯的日记》中的萨默斯和她的邻居。在科幻小说《什卡斯塔》中，小说同样没有传统意义上一以贯之的主人公，而是以各种文本和档案记录的形式，记录下老人星的观察者乔荷、其他观察者和居住者的通信。从什卡斯塔星球上一片祥和、人们安居乐业的景象，一直记述到灾难来临，人们惊慌四散，再到整个星球了无生机、陷入灭绝的困顿之地——正是由于这样的多角色主人公们的塑造，人们对什卡斯塔星球的命运才能够感同身受，也才能够起到真正后科幻小说所说的训诫和启示的作用。从另一个角度说，作者正是由于成功运用多角色主人公，才能避免在现代小说中被反复探讨而不得其解的视角、隐含作者、隐含读者等问题，由于文类的庞杂、记叙的多角度，对于视角的探讨就会不攻自破。

3.2 互文性与文本解构

互文性最早由法国解构主义者茱莉亚·克里斯蒂娃（Julia Kristeva）提出，笼统说来，指一文本与另一文本的互涉关系（intertexuality）。在罗兰·巴特的解构主义著名文本《恋人絮语》中，文本通过对歌德作品《少年维特之烦恼》的单纯解读，自身构成了一部饶有趣味、堪称经典的解构主义文本。其间既是对歌德作品的解读，也是一部融合心理自白、书信体、古今融合、视角融合的独立小说。互文性的基本内涵是，每一个文本都是其他文本的镜子，每一文本都是对其他文本的吸收与转化，它们相互参照，彼此牵连，形成一个潜力无限的开放网络，以此构成文本过去、现在、将来的巨大开放体系和文学符号学的演变过程。概而言之，互文性概念主要有两个方面的基本含义：一是"一个确定的文本与它所引用、改写、吸收、扩展，或在总体上加以改造的其他文本之间的关系"；二是"任何文本都是一种互文，在一个文本之中，不同程度地以各种多少能辨认的形式存在着其他的文本；譬如，先时文化的文本和周围文化的文本，任何文本都是对过去的引文的重新组织"。"互文性"概念强调的是把写作置于一个坐标体系中予以观照：从横向上看，它将一个文本与其他文本进行对比研究，让文本在一个文本的系统中确定其特性；从纵向上看，它注重前文本的影响研究，从而获得对文学和文化传统的系统认识。应当说，用"互文性"来描述文本间的问题，不仅显示出了写作活动内部多元文化、多元话语相互交织的事实，而且也显示出了写作的深广性及其丰富而又复杂的文化内蕴和社会历史内涵。具体说来，文本互涉关系主要有以下几点特征："1.文本不同于传统作品，文本是语言创造活动体验。2.文本对能指放纵，没有汇拢点和明显的收口，而所指后移。3.文本构建在文间引语，属事用典，回声和各种文化语义上，文本的意义呈多义状。4.作者不等于文本源头，作者的解释也非文本的终极，作者也只能造访文本。总而言之，文本向读者开放。"①

3.2.1 与《圣经》中《创世记》的互文

如在米勒重复理论中所论述的，任何小说都是重复和重复之中的重复的一个复杂系列。后结构主义互文性理论，非自我封闭，是对其他文本的吸收改造。用克里斯蒂娃（Kristeva）的话来说，即一种引用语的马赛克，或是巴特语："没有规律却无限重复出现。"②在《什卡斯塔》中，莱辛在这方面也进行突出的尝试，《什卡斯塔》作为单一的文本，其间既有对其他文本和经典的文外互文，也有在文本内的文间互文。从哲学层面上说，在当今信息爆炸的时代，纯粹的个人创造文本，与其他文本和文本内容毫无关系的文本是不存在的。《什卡斯塔》整个多重互文围绕的主题为灾难和灾难拯救，描写人们对待灾难的态度和万生众态。在《圣经》之后有大量涉及《圣经》中内容的文本出现，莱辛的几部作品中同样也出现了与《圣经》相关的描写。在当代，这种形态的文本交互性呈现出增长的趋势，出现了对文学经典空前规模的续写和改写活动，突出地表现为所谓的"互文性"文学。且互文性文学的开放性、多元性和不确定性等特点，决定了它是真正的互文性文学。莱辛小说打破相继性、平面性，从而获得一种非相继性和立体感，让文本的存在依靠于一种广泛的联系，并且时时强调这种联系的偶然性和丰富性。具体说来，互文有以下几点：在小说开始章节报告者乔荷（Johor）对以前星球什卡斯塔（即地球）美好情景的追述，与《圣经》中《创世记》描写

---

① [法]罗兰·巴特.一个解构主义的文本[M].汪耀进，武佩荣，译.上海：上海人民出版社，1997:7.

② 程锡麟，王晓路.当代美国小说理论[M].北京：外语教学与研究出版社，2001:152.

形成参照互文，这一点可被视为经典与当前文本的互文；报告者乔荷与其他报告者的报告形成相互参证的互文，这一点为文内互文；报告者乔荷在什卡斯塔上同时担任拯救任务，与灾难和灾难拯救形成互文；什卡斯塔星球上人们对于灾难的反应，灾难拯救的态度和灾后余生的重建，什卡斯塔星球上人们对灾难和灾难拯救的口头传唱和传承，上述三点可视为对文体或文学传统的互文。

任务员乔荷奉命来到什卡斯塔进行访问任务，眼前所见可谓触目惊心，这种凄惨景象让他回想起第一次见到什卡斯塔的景象：那时候什卡斯塔还处于巨人族统治时期，它被称为罗汉达（Rohanda），文中记述它是"老人星的骄傲和希望"[1]。老人星和天狼星之间的战争结束后，双方签订和平条约，同意在什卡斯塔星球上进行物种实验，并定期举行专家会议。文中记述："这片广袤的土地上生机勃勃，日新月异。最为突出的是猿猴类，他们衍生出不同的种类，充满希望。其他生物，例如植物、昆虫、鱼类也莫不如此。我们看着这个星球正在变成他的同类中最为丰硕的一个，也正在此时，我们将其命名为罗汉达，意为果实累累、生机勃发的土地。"[2]这与《圣经》中《创世记》的篇章非常相似，当夏娃和亚当未曾初尝禁果时，还未曾在世间饱尝艰难困苦，他们在伊甸园中过着同样和乐安详的生活。

这种像伊甸园一样美好的花园胜景，在《什卡斯塔》中，整整一个浩渺的星河中也仅有什卡斯塔星球能有如此美妙的光景。无怪乎乔荷是如此怀念那时的罗汉达。正因罗汉达星球上气候宜人、水源充沛，它被管理者老人星列为头号发展计划，称为强力成长计划（Forced-Growth

---

① Doris Lessing. Shikasta[M]. London: HarperCollins Publishers，1994:26.

② Doris Lessing. Shikasta[M]. London: HarperCollins Publishers，1994:27.

Plan），并逐步从老人星的其他殖民地，如殖民地10号引进新的物种到罗汉达上培育。文中以档案记录的形式详细阐明了新的物种在罗汉达上的发展情况。具体说来，有巨人族和本地族这两种物种。巨人族长得卓越伟岸，体型修长，强壮有力，肤色从黝黑至浅色，智力不俗，寿命长达数千年。本地族虽然只可存活数百年，但他们组织有序，智力逐步发展，肤色浅灰，身高体型等只有巨人族的一半。巨人族和本地族的关系甚为融洽，他们共同生活在北半球，在共同的生活和生产经营中，种植业和灌溉水利都有较大的发展。但罗汉达欣欣向荣的生活和发展也面临着来自外部的危机和谣言。一度盛传在南部天狼星的培育物种残忍好斗，又盛传在罗汉达内部藏有奸细，当老人星和天狼星之间互相通气得知查无此事时，大家都达成共识：这应该为另一对罗汉达虎视眈眈的星球——沙马特星球所干的勾当。然而，尽管明知有人会暗中使坏，老人星球仍然在他寄予厚望的罗汉达领地上做起了试验。

3.2.2 报告与报告之间的互文

好景不长，沙马特星球在什卡斯塔星球上的活动，导致什卡斯塔星球赖以为生的物质——"我们感觉的根本"（substance-of-we-feeling）正日益减少，当乔荷再次来到什卡斯塔星球时，整个星球上人们的惶恐不仅与前期的和乐景象形成鲜明的对比，更让乔荷吃惊的是，人们也在整个经历灾难的过程中失去与老人星的联系，失去与赖以维系自己生命物质的联系。这时候在什卡斯塔上，仍然是巨人族负责保护和维系与当地人的生活。巨人族的主要工作在于脑力劳动，即维系与老人星的通信，同时，巨人星内部的性别之分并不特别明显，女人除哺育孩子之外，与男人们从事同样的工作。而在本地族中，生育被视为头等大事，他们的寿命也延长至千年。当我（乔荷）到达罗汉达，看见巨人族和本地人并排行走，我遇到了叫作杰瑟姆（Jasum）的巨人，并在巨人的大房间里召开会议，通知他们：作为一个群体，他们的历史结束了，他们在罗汉达领域上的演进任务结束了。然而作为一个个单独的个体，他们还可以存活。他们可以像以前被送往这里一样，被送去其他星球。虽然在老人星内部，所有物种也被告知只有与老人星的长远发展计划和谐共存时，人们才有价值和意义。但在此时此刻，那些本地人没有任何存活或发展的希望，除非在累计数年以后，演进计划又可以重新开始。面对如此晴天霹雳，巨人族个个目瞪口呆，他们提出需要时间进一步商讨可以将此事告诉本地族群的最好方法。

这一点当乔荷刚刚来到什卡斯塔就应该领悟到。虽然罗汉达和老人星之间的联系称为锁（the Lock），罗汉达领域上的物种将这种联系看成是与上帝或神灵沟通的方式[①]，但当乔荷拿出印章给巨人族看，巨人族竟是毫无反应，当下给各类人命令只有穿过平原才能逃脱灾难时，人们也是不知所措。更有甚者，人们不知道敌人的存在。当被告知老人星前来营救的飞船时间和地点时，巨人族仍然迟疑不定，在灾难即将到来之际，人们不管是老是少、或高或低，都失去了应有的判断力和鉴别力。从这一点上看，文本在形式上虽然处于解构和分裂的状态，但小说人物的心中并非如此，他们仍然存有对美好家园，对群体的依恋和完整度的保存。于是，出现了以下章节，当本地人离开家园时：

这一小群人，从树林和草地中走来，被一群睁着闪着智慧的眼睛的动物看着，仿佛又回到了亿万年以前，他们刚学会用后腿直立，是那样的无助。[②]

[①] Doris Lessing. Shikasta[M]. London: HarperCollins Publishers，1994:39.

[②] Doris Lessing. Shikasta[M]. London: HarperCollins Publishers，1994:174.

在什卡斯塔经历灾难的所有历程中，乔荷的报告占据大多数，然而其他任务员的报告也起了相当重要的作用。如文中109至122页中题为"什卡斯塔的历史：摧毁的时代与陶菲克等人的报告"，这一相当篇幅的报告与来自老人星的乔荷访问经历灾难的什卡斯塔任务报告形成了互文。

在这一期间，"我"的兄弟陶菲克（即约翰），由于抱负远大，早年聪明过人，很快就在什卡斯塔上得到人们的尊敬，被誉为有影响的人。然而却未能善始善终，他在迷茫中整天以酗酒度日，一共娶了两房妻子，当乔荷想与他真正为拯救什卡斯塔努力时他已心有余而力不足。而历史教科书的结论为："在灾难后，什卡斯塔星球上大约只有1%的生物存留，在最近二十年内这种状况都不会得到改变。'我们感觉的根本'（substance-of-we-feeling）这种物质原先在星球上绰绰有余，现在恰能维持人们的正常生活。在经历灾难后，什卡斯塔上的人们很难相信他们所看到的，也不知道为什么他们会变得如此疯狂。"[①]据乔荷所述，老人星的法则在一定程度上在不同的道德层面，甚至在不同的年龄层面得到稳定。例如，他们祭祀牺牲，用来作为"取悦上帝"的方式。在"什卡斯塔的历史：公众评价员"中，提到在老人星所发展的物种，借用什卡斯塔的术语，都可以被归结为"阴阳人"（androgynous），因为我们无论在情感还是在身体特征上都没有明显的一性超出另一性的情形，而这种情形正是在一些比较落后的星球上所常见的。这让我们想起酷儿理论中对复数化和多样化性取向的主张，是意欲消解传统的思维身份类别和鼓励对过去所不了解的愉悦的一种认知。"就像凯特·沃尔

---

① Doris Lessing. Shikasta[M]. London: HarperCollins Publishers, 1994:122.

夫所指出的，一个复数化性取向的个体可能根本不会'费心于去弄明白了他/她的人们的性别'。从这个方面来说，超性别是个非常重要的概念。"①从这方面来说，这里面的"阴阳人"与超性别是很相似的概念，一个超性别者既不是一个异性装扮癖，也不是一个变性癖；她/他的定义不是错装者或者一个通过医疗手术进行夸张的性改变的人。事实上，她/他是穿越传统的性别边界（甚至不考虑性的偏好）和通过多样化的身份叙述履行多样化角色的人。文中记述，在罗汉达和老人星之间的协约成立以前，男人和女人是平等的，并不存在谁欺压谁的问题。而在这之后，女人就处于受压迫之中，这就给了原本困难重重的任务加重了困难。这一切都表明，虽然灾难在一定程度上得到恢复，但什卡斯塔星球上那种不分轩轾，侬侬我我的情形已经一去不复返了，人们不仅在各方面意识到差别，而且差别正以人们难以觉察的方式慢慢扩大，什卡斯塔星球的灾难由此开始。

3.2.3 灾难与灾难拯救的互文

除了这种以笔记和报告出现的文书，文中特别强调了歌谣这一古老的艺术和文化形式在恢复什卡斯塔星球上人们对于老人星记忆的重要作用。正如朱国华所说："正是通过口头语言，原始社会的现实才能被构建、维持和交换。"②文中无论是访问员乔荷进行拯救任务，还是人们向上天呼吁拯救，都离不开歌谣的帮助。当乔荷记述另一名老人星上的记录人员陶菲克生死未卜，报告当前什卡斯塔星球上的严峻形势时，写到初次见面场景，所有人屈膝而跪，高诵歌谣：

---

① [英]丹尼·卡瓦拉罗.文化理论关键词[M].张卫东，张生，赵顺宏，译.南京：江苏人民出版社，2006:125.

② 朱国华.口传文学：作为元叙事的符号权力[J].求是学刊，2003（1）:97.

上帝的慈目，

注视我，

为我解衣食之忧，

让我自由……①

在劫后余生中，乔荷更是费尽力气，找到幸存者的定居点，帮助他们恢复与老人星在灾难前的记忆。乔荷的方法为每天召集少数人，反复告诉他们在以前的日子里如何与老人星联系，告诉他们老人星提供给什卡斯塔星球最重要的物质是"我们感觉的根本"（substance-of-we-feeling）。乔荷手持印章，告诉他们要尊敬这种物质。在充分履行完这些义务时，乔荷告诉他们自己要返回老人星，并将这项任务交给大卫的女儿赛伊斯履行。就是这样，通过走街串巷，一个一个村落的口口相传，直到所有幸存下来的人都会高声朗诵起："老人星人告诉我们不可浪费或骄纵，老人星人告诉我们不可武力相向。"②

歌谣的作用随着作者跨越时间长河的写作历程而有了显著的变化。如果在部落式的原始社会时期，歌谣的作用是铭怀纪念，到了具有明显现代公民社会的议会场合，歌谣的讽刺和反讽意味更加强烈。文中记述在什卡斯塔经历灾难后召开的一场国际会议中，有一首在白种人、黑种人、黄种人等的议员中流行的歌谣：我有一个印度老外婆。当然还有这首歌谣的变种，其中，我有一个白人老外婆广受欢迎。也可以换成别的，爱尔兰的，非洲的，爱斯基摩人的，等等。这种写法不失为一种模

---

① Doris Lessing. Shikasta[M]. London: HarperCollins Publishers, 1994:17.

② Doris Lessing. Shikasta[M]. London: HarperCollins Publishers, 1994:95.

仿，从而表达出一种嘲笑的虚无感。

家园的失落，歌谣的变形和扭曲，原本和睦的什卡斯塔星球上千疮百孔，这一切既是记录员乔荷不愿意看到的，也是所有在什卡斯塔星球上享受美好生活的人们不愿看到的。虽然文中记述老人星预备了通往其他星球的飞船，用来搭载留在什卡斯塔星球上的巨人族，但在灾难后的什卡斯塔星球上，仍有很多巨人族悄悄地留了下来。他们选择远离人们的市镇和村落，过着自给自足，与世无争的生活。这其中，就包括巨人族以前的首领杰瑟姆，他和原来的同类，一位肤色淡白的姑娘成了婚，过着类似原始部落的生活。在附近的村落中，还流传着巨人出现的传说。当乔荷前来探访老朋友时，他们和善地提供帐篷和食物，自己却默默地走开了。灾难并没有改变他们对这片土地的热爱，其后整个星球的毁灭恐怕也很少会影响到他们什么，如果没有记录员的记述和一再强调，这个世界上也许很少再有人想到流离失所的巨人族的存在和作用。然而，也许这就是莱辛心中世界的世界性。世界的世界性或者世界化（The worldliness of the world）最早由萨义德和斯皮瓦克提出，形象地说来，它是指每当殖民者到达一个新的未开发地区，他们都会在地图上用插小旗等方式做好标记，并逐步完成事实上的占领和蚕食。从而，一个个殖民地连接起来，就变成了殖民者心中对于世界的构想，完成了殖民者所谓的"世界的世界化"。在这里，本文反其意而用之，意为这是每个具有自觉自主能力进行自我劳动和自我选择的独立人所做出的在世界生存的方式，从而完成真正意义上世界的世界化。文中记述当乔荷、赛伊斯和她的父亲大卫想要重新让这群化外之人受到老人星戒律的熏陶时，这群巨人都显得不满而愤怒。他们已经忘了老人星，只过着打猎的简单生活。所幸这群外来人教给他们的，只是不可以饮酒过度，不可以靠近危险地区这些简单的常识。最终，这群巨人接受了乔荷的戒律，乔荷又得以离开去执行新的任务。然而，作者的用意在这里似乎变得难以琢磨而互相矛盾：一个简单的社会难得，而一个遵纪守法、明理公正的简单社会才是作者渴望追求的目标。正是在这一点上，莱辛的创作理念与卢梭简单的"回到野蛮人"的宣言不尽一致，而与中国魏晋时期《桃花源记》中悠游自在，民风淳朴的桃花源颇有几分神似[①]。可见在某种程度上说，文本不过是对其他文本的吸收和转换，所谓"作者"也就只不过是那已有文本的组织者，而不一定是完全的原创者，组织者唯一的权力就是将各种书写混合起来，以一种抵消另一种，从而永不定于其中任何一种。借助于"互文性"，莱辛意欲打碎在文学和美学思想中根深蒂固的、强调文本和作者的独一无二性。

由此可见，通过大量的互文，作者在文内重构了属于整个人类的记忆和经验。正如德里达所说："无记忆的解构，解构是对传统的追溯。"[②]人类生活的喜悦和面对灾难的恐惧通过集体的记忆流传保存下来，这样的写作才充满了生命的活力，充满了人类对共同体的渴望。因此我们可以看出，《什卡斯塔》是对《圣经》等其他文本的吸收和转化，这种互文性关系为文本的阐释提供了一个新的空间，通过互文性关系我们可以更好地探索文本的主题意蕴及其特色。正如叶维廉在《旁通密响：文意的派生与交相引发》中所生动描绘的："打开一本书接触一篇文，其他的书的另一些篇章，古代的、近代的，甚至异国的，都同时被打开，同时呈现在脑海里，在那里颤然欲语……像一个庞大的交响乐

---

① 关于作者莱辛的思想传承，由于莱辛幼年在阿拉伯世界的生活经历，近来学者倾向于将其解释为苏菲思想（Sufi）的影响。苏菲思想为伊斯兰的一个教派，偏向神秘宗。总体说来为信仰唯一的真主和神的爱，信仰者多从更深层次探讨这一道理。

② 张汝伦.现代西方哲学十五讲[M].北京：北京大学出版社，2003:384.

队，在我们肉耳无法听见的演奏里，交汇成汹涌绵密的音乐。"①根据德里达的"播撒"的含义，每个文本都不是孤立的存在，文本这种"复数"特点导致文本意义的不断游移、播撒、流转、扩散和增殖。意义就像播种时四处分撒的种子一样，没有任何中心，而且不断变化。就这样，传统叙事话语的中心指涉性和意义的确定性终于被小说中的互文性和不确定性所取代，因此，《什卡斯塔》这部小说体现了解构主义的不确定性。通过对《圣经》这一经典文本本身进行模仿，并使得它们扭曲变形，莱辛达到了颠覆传统观念的目的，消解了《圣经》的神圣色彩；同时作者也暗示着我们的世界并不是一个秩序井然、行为规范的整体性世界。

3.3 隐喻与文本解构

3.3.1 隐喻的定义

对隐喻的定义历来有广义和狭义两种。从语言的阐释和修辞功能上讲，隐喻"是以一个异质而同值的语词'置换'在常规词序中应该出现的语词"②，"是根据联想，抓住不同事物的相似之点，用另一事物来描绘所要表现的事物"。③作为历史上第一个对隐喻现象进行系统论述的人，亚里士多德对隐喻的定义是："隐喻通过把属于别的事物的词给予另一个事物而构成，或从'属'到'种'，或从'种'到'属'，或从'种'到'种'，或通过类比。"④他的定义揭示了隐喻是一种意义

①叶维廉.旁通密响.文意的派生与交相引发，寻求跨中西文化的共同文学规律：叶维廉比较文学论文选[C].温儒敏、李细尧编.北京:北京大学出版社，1987:66.

②耿占春.隐喻[M].北京：东方出版社，1993:169.

③王希杰.汉语修辞学[M].北京：北京出版社，1983:282.

④束定芳.隐喻学研究[M].上海：上海外语教育出版社，2000:22.

转换的形式，隐喻涉及至少两个词或事物，其中一个在构成隐喻的过程中意义发生了变化。解构主义由批判结构主义二元对立思想出发，反对非此即彼的二元对峙状态，因而，隐喻也是解构主义最常使用的手法。隐喻即在同一事物中同时蕴含着对另一事物的指涉，达到一箭双雕的作用。

在哲学承袭上，"隐喻"的概念经过尼采又有所发展。解构主义者德鲁兹认为，"柏拉图式"重复根植于未受重复效力影响的纯粹的原型模式，世界的假设催生出观念，在各种事物间真正的、共有的相似（甚至同一）基础上，从而提炼出隐喻的表现方式。这种隐喻模式可以说是传统的隐喻模式，即单纯关注在事物相似的方面，而在相似中有高下之分，即原来的，最初的那个原型是万物的起始，是所有事物得以隐喻的源泉所在。这种带有强烈唯心观点的隐喻模式，在西方美学和艺术学传统中一直存在。然而，这种隐喻模式与解构主义所要指涉的隐喻却大不相同。因为解构主义连二元对立的高下都不承认，又怎么会允许这种明显的隐喻歧视存在呢？所以，解构主义的隐喻方式来自下面一种，即尼采的重复样式。尼采重复样式假定世界建立在差异基础上，相似以这一本质差异的对立面出现，这个世界不是摹本，而是幻影/幻象。看上去X重复了Y，事实上却并非如此。

具体说来，隐喻可分为主题隐喻、叙述隐喻、背景隐喻、结构隐喻、篇章隐喻等各种类型。在莱辛的笔下，什卡斯塔逐渐由一团和气到四处分化的世界，没有一个人可以与一个人达成共识，也没有一片地域能和另一片地域不存在缝隙，一个分化的无所适从的世界，集中表现在对人类战争的隐喻，在文中浓墨重笔记述的审判（trial）上，对殖民者和被殖民者的描述，对官僚机构繁冗拖沓，不顾人民死活的批判；对人际关系的隐喻，集中体现在被记录在档的佘班（the Sherbans）一家的关系上，佘班三兄妹之间竞争又微妙的情感关系，以及战争的来临，不同的道路发展和情感维系，紧张关系的化解。

3.3.2莱辛对人类战争的隐喻

在什卡斯塔遭遇灾难的后期，各国代表开了一个不大不小的会议，这场会议的初衷已无从追溯，但会议的结局是令人意想不到的啼笑皆非。会议的目的本为拯救，虽然中间几次浓墨重彩的义愤填膺让人看到了希望，但结尾又是那样草率。这不仅让人看穿了会议中隐喻的人类战争、殖民和殖民批判，更进一层，它让人看到人类的努力是渺小和微不足道的。当人们开始想要对事情做出努力时，通常都是一发不可收拾。让我们看一下会议的出席人——乔治·佘班，拥有英国和少数的印度血统，站在起诉者黑皮肤的一边；约翰·布伦特－奥克斯福德和乔治的兄弟本杰明·佘班站在被告方——白种人一边。文中另加一句自嘲，点明这种选择只是一种无心之举。当起诉的双方连自己为什么选择这样做都不甚了解时，人们又如何期待整个审判的结局能够柳暗花明呢？这不由得让人联想起萨特的存在主义思想，确实，人们在绝境中还有选择，还有选择的权利，只是，这种选择也未必会更好，因为整个世界就是如此荒谬地运转着。

令人印象深刻的是晚间会议的议题，议题极为恢宏，例如"第一次世界大战，欧洲战争，非欧洲种族的斗争和反对供应原材料的战役，丢失的殖民地或用于交换的殖民地，最近刚取得的殖民地，帝国间相互争斗，作为战场的殖民地。第二次世界大战，等等，朝鲜战争，法国在越南的势力，美国在越南，非洲摆脱欧洲的努力"[1]，等等，而会议的代表也恰能彰显会议的主旨——没有俄罗斯代表团，而是充斥着来自俄

---

[1] Doris Lessing. Shikasta[M]. London: HarperCollins Publishers，1994:400.

罗斯殖民地的代表团，如波兰、保加利亚、匈牙利、捷克斯洛伐克、罗马尼亚、古巴、阿富汗，以及中东的一部分地区。会场的布置也可谓万事俱备，古希腊的斗兽场，晚间用成簇的火炬照明。在这万事俱备中，不乏人类自我揭发的勇气。例如沙曼·帕特尔（Shaman Patel）的陈述："我是一个地地道道的印度人，正像我的战友们所说的那样。我并不是一个不可触的人（an untouchable）。如果是那样的话我也不会站在这里了。我之所以挺身而出，是因为这些天来我什么也没有听到。确实，我听到了一些陈词和证据，但这和我所知道的真相还相距甚远——我们对此都心知肚明——那就是印度人是怎么对待自己人的。上千年过去了，事情一点也没有改观，相反，我们倒来这里指责起其他人来了。"①一语道破天机，人和人的差异并非大不可及。根据这种并不唯有白种人欺压他人的观点，其他人也开始慷慨陈词。约翰·布伦特-奥克斯福德（John Brent-Oxford）说道："众所周知，即使在现在，也有数不清的国家，非白种人的国家，他们用武力统治和占领其他国家，这些国家有些是非白种人，而有些则是白人……例如，非洲的黑奴贸易早已是臭名昭著，而这些贸易大多是由阿拉伯人操纵的，再加上黑种人心甘情愿的配合。"②座位区的一个后来者终于忍不住了，大声说："看来我们是在探讨人类对人类的非人性（man's inhumanity to man）。"一个德国女孩站起来说："我可受不了了，干吗讨论人类对人类的非人性。这有什么意义呢？"而在看台的对面，一个波兰女孩站起来大喊："你会这样说，那真是毫不惊奇。如果你不乐意听，为什么不站起来，像其他人一样，做一下深刻的自我批评呢？告诉我们德国佬在二战中都做了哪些好

---

① Doris Lessing. Shikasta[M]. London: HarperCollins Publishers, 1994:414.

② Doris Lessing. Shikasta[M]. London: HarperCollins Publishers, 1994:415.

事！" ①

如果人类在相互指责和控诉中能够取得人类自身的进步，能够挽救星球的毁灭，这种指责就会是有意义的。然而，当这一切以言语和档案的形式呈现，我们失去的是对人类如此千差万别，难以相互沟通的行为和状态的无声。这场由希腊、波兰、德国等各国群雄聚首的会议最后就在代表们稀稀拉拉的陆续离席，会议场上的火炬发着愤怒又迷惑的光芒，半夜里各类空中运输工具此起彼伏的情形下落幕了。这场人类自己发起的，旨在惩恶扬善，伸张正义，为人类自己拯救自己而做出的努力就此告终。

有关这次会议的影响，已经显得如此微不足道，然而，却还是要加上一句："这场小型的、有点奇怪的、令人生疑的事件，这场审判，在一个类似玩笑的开始（我并不针对它的主题）中开始，现在被在报纸上以不显眼的篇幅和版面给予报道。"②正如世界上所有人都认为自己做的是拯救人类这种无上崇高的大事时，这桩轰轰烈烈的大事也如此官方地收场了。然而，毕竟在现代传媒上拥有一席之地，这也许是所有最初的理想主义者最后的一丝自我安慰。

然而，作者莱辛触及殖民主义的力道却并不因为这些稀稀拉拉而有所减损。在论及什卡斯塔星球上的压迫和被压迫问题时，文中叙述："我们可以从什卡斯塔自己的专家的论著中找到阐释（例如马塞尔·普鲁斯特，社会学家和人类学家）。一个富有家庭的仆人被叫去为晚饭准备一只野味。她满院子追着那只未入锅的野味跑，口里骂着可恶的畜生、挨千刀的小崽子，和一些类似的话，就在这当中，她捉住了那只山

① Doris Lessing. Shikasta[M]. London: Harper Collins Publishers，1994:415.

② Doris Lessing. Shikasta[M]. London: Harper Collins Publishers，1994:417.

鸡，并且杀了它。"作者用此隐喻那些占领其他国家土地的人，"他们明目张胆地指名道姓，将其他人喊成"肮脏的，愚昧不堪，冷酷无情，共党分子，资本家狗腿子，贩黑奴的，白色癞皮狗，以及所有脑子里能想到的东西"。就是这样，白种人使尽各种花招伎俩，在南大陆上横行霸道，他们不得不带着几分蔑视来称呼黑人，"因为他们就是这样落后，未受教化的人"。[①]这种欲擒故纵的伎俩，在落后的国家屡次出现。如果我们被训导成低人一等的人物，我们被训导要一直遵循他人的意见和标准才能生存，我们就永远无法摆脱被殖民的命运。这是莱辛对所有第三世界国家前途的悲叹。

3.3.3 莱辛对人际关系的零隐喻

除在国家和国家间的间隙外，作品还描述了人与人之间巨大的鸿沟。乔荷详细阐述了他在什卡斯塔星球上所观察的巨大力量，即他命名的代沟（generation gap）。由于什卡斯塔星球上人们的寿命问题，年轻人和老年人对于时间有着不同的看法。大多数岁月沉积下来的经验和故事都被归为神话，这也是什卡斯塔星球上人们心理问题的表现。老年人对年轻的岁月只留有模糊的记忆，而年轻人又无知，认为自己就是天下之王，可以拥有一切。他们对老年人的劝阻置之不理，所有的经验都由于代沟的存在而无法传承。在这种两难的境地里，老年人会悲叹，我没有生活过。而年轻人不管怎样，他们要有自己的生活，自己的未来。记录员总结道："在这个星球上所有四分五裂的分支和再分支中，在民族之间，种族之间，思想之间，教义之间，宗教之间，在每时每地，老年人和年轻人之间的鸿沟最为强大和显著。"[②]而突出体现的，是乔治

---

① Doris Lessing. Shikasta[M]. London: HarperCollins Publishers，1994:201—202.

② Doris Lessing. Shikasta[M]. London: HarperCollins Publishers，1994:221.

和兄妹的复杂感情，这一段是以乔治的妹妹——瑞舍尔的日记作为档案而记录下来的。瑞舍尔在写日记时十四岁，她的父母为希曼和奥尔加，共有兄妹三人，除她外，还有兄弟乔治和本杰明。瑞舍尔不明白哥哥乔治所做的一切，不明白他为什么要有自己的恋人苏珊娜。苏珊娜是一个有魅力的人，一个被全家接受的人，然而她却看不出自己有什么好。虽然事实证明，苏珊娜是个值得信任和托付的人，到了什卡斯塔星球毁灭的末期，乔治把全家人交由苏珊娜照料，自己独立出去完成拯救任务。文中记述在瑞舍尔以绝食进行抗议后，瑞舍尔的母亲奥尔加过来安慰她说："你没有别的选择，孩子。或者接受这个事实；或者自杀；或者生不如死地活着。但不管怎么说，我们不自杀。"长大后的瑞舍尔，甚至协助苏珊娜，要求哥哥和她结婚。但是接下来的一段对话又成为关系的转折点：

"服从沙马特星球！

一切听命于沙马特，全能伟大的主！

什卡斯塔拜倒在您的脚下，什卡斯塔随时听从您的吩咐！

无远无近，无穷无尽，什卡斯塔时时处处都是您的仆人！"[①]

终其全文，这封什卡斯塔星球向沙马特星球称臣的信可谓自己与自己最为另类和虚伪至极的互文，在长达一页两面的文章内容中，极尽谄媚之能事。无怪乎鲁迅会哀叹做惯了奴才的人，只要别人不给他奴才做，便会号叫啼哭。一个曾经有着无限生机的星球，现在却被殖民弄得满目疮痍，不仅如此，整个星球又是其他星球星际争霸的殖民产品，

---

① Doris Lessing. Shikasta[M]. London: HarperCollins Publishers，1994:429—431.

这种层层的悲哀，无怪乎作者已没有力气直呼其名。或者用罗兰·巴特的话来说，隐喻集中体现了历史的异化；作为对世界上种族、民族、政治、经济、阶级等不平等的必然性的控诉，文学写作证明了语言的分裂，使尽解数将这种分裂表现和表达出来，正是诸如隐喻、反讽、双关这些现代修辞所要极力呈现的。将这一本本档案横铺竖翻过来，就可以看出其中哪些是芝兰之辞，哪些又是作者痛心疾首，立意要揭除的伤疤。正如本雅明·赫鲁索夫斯基指出的，隐喻的表达同时属于两个指涉框架。在一些框架中，这一表达具备其字面意义；而在另一些框架中，它具有比喻修辞的功能。只有第二种指涉框架实际存在于文本的虚构世界中，表达具备其字面意义的框架在文本的世界里是不存在的，只要比喻的框架存在，它就是缺场的。①一个隐喻通常只有在在场和缺场、存在与不存在之间存在张力的情况下才能发挥其功能。莱辛通过这样的隐喻帮助人们理清了现实和历史以后，希望人类能够彻底开创无包袱的未来。

3.4 零度写作与文本解构

3.4.1 零度写作定义

零度写作即作家不带任何情感的写作。作为一位女性作家，莱辛的小说创作也经历了由感情充沛奔放到冷静陈述的一系列改变。在这一系列科幻小说中，我们可以看到莱辛正在用自己的方式突破自身的瓶颈，以期取得更大的突破。在本小说中，零度写作表现在对整个小说整体结构的谋篇布局，以及对什卡斯塔星球上人们的情感和活动，包括对第八

---

① Benjamin Hrushovski . Poetic Metaphor and Frame of Reference [J]. Poetics Today ， Duke University Press ，1984（1）:5.

号行星从气候宜人变成冰冻星球的描述上，以一个旁观者身份的记录描写上。也许这一系列小说并没有就此取得成功，但从长远的创作实践看，零度写作有其独特的魅力，如后期莱辛创作的书信体小说《简·萨默斯的日记》等。

零度写作最早由法国结构和解构主义者罗兰·巴特提出并实践，它是指毫不动心、全不介入的写作，也称中性创作，即去掉语言的社会性。"零度写作"一词源于巴特的一篇文章《写作的零度》（1953）。在西方20世纪文学理论思潮的发展历程中，索绪尔的《普通语言学教程》掀动了语言学的革命，语言本体论、自律论、形式主义观念应声而至。英美新批评、俄国形式主义、法国结构主义和后结构主义都从语言学革命中受益良多。《写作的零度》正是在语言学革命深刻影响的背景下，发现了"形式"的革命性能力，对传统的形式观是一个巨大的挑战和反拨。索绪尔从符号中分析出所指与能指两个维度，前者是概念、内涵，后者是音节（音响形象）、字词、形式，如"某种动物"表示为"cat"这个音节。但通常，我们只把能指维度称为（狭义的）符号。所指和能指的遇合完全是偶然性的、任意的，二者之间并无可以论证的必然联系。这说明，所指与能指的联系并非出自天然，而是人为赋予的结果，是一种约定俗成的作用，一种习惯用法。所指与能指既无必然联系，自然不能构成一种二元对立式的逻辑中心主义，能指并非所指的附属物。相反，能指具有独立的品质和自由权利，它可以完全游离于所指之外。罗兰·巴特在十八、十九世纪的文学中，欣喜地发现了能指的这种独立性和自由性。在此之前，古典写作中的语言符号承载的是工具性功能，这种工具性功能要求使语言符号成为一个过程，而不是目的，因而它必须是透明的、直接的。语言符号存在的必要性来自对意义、情感、思想的表达或转译。然而，语言的发展和作家对语言的创造性使用，使得语言符号这一形式变得"不透明"了，它不再是一种简单的流通方式，"文学形式发展了一种独立于其机制与其和谐性的第二性能，它使人入迷，困惑，陶醉，它有了一种重量"。摆脱了附属地位的语言和形式，获得了自己的质地和分量，不再隐匿于意义之后，相反，它成为一个观察和思考的对象，一个独立的客体。它表明文学写作的历史异化与梦想，证明了语言分裂及分裂中的人类良知，文学成为语言的乌托邦。

3.4.2 莱辛的零度写作特色

在整个《什卡斯塔》的谋篇布局上，可以说处处体现了作者向零度写作的致敬。例如本文的全名为《南船座中老人星：档案系列回复：与殖民地星球5号什卡斯塔有关的乔荷（乔治·余班）（级别9）在此星球最后时期的访问任务记录的个人、心理、历史文献》，既然是档案和文献，那么它最大的作用和价值在于向后来人标识和说明各类殖民地的情况，而非个人情感的抒发。在莱辛这几部作品中，读者感受到的处处是作者的冷静与超然，似乎没有融合一丝个人感情。莱辛把她的五部作品冠以《南船座中老人星：档案》，这就暗示我们，她是站在一个宇宙档案家的立场来记录、整理和叙述那场星际大战的；而常识告诉我们，档案家的立场是客观、公正、超然和不带任何个人情感的。[①]

自始至终，作者对于文体风格的保持可谓巧妙独特。当然，在这种风格杂陈的文章中，很难用现实语境中的风格将其一一对应。但整体一条线，作者遵循了古希腊罗马的文风，古朴优美，从最初的景象到后期的处理，都体现了风格的迥异，有的只是文类的转换，如全部文章使用三种主要的字体，乔荷报告文所用的正常排版和字体，用于乔荷家人私

---

①李福祥.试论多丽丝·莱辛的"太空小说"[J].成都师范高等专科学校学报，1998（2）:49.

人通信的斜体，以及被老人星用作正式历史参考书的黑体，这三种不同文类交互穿插，却恰到好处地让人们实现时空的大挪移和前行，从整体上把握什卡斯塔星球发展到最后毁灭的历史。

具体到细节上，每个什卡斯塔星球上有血有肉的生灵，都被以档案记录的形式记录下来，力求做到公正客观。而每当身处什卡斯塔星球上的乔荷发表个人见解时，老人星上的档案规整员就会用黑体字及中括号加上这样的一段："我们在什卡斯塔上的任务执行员乔荷对此表示抱歉。因为他所撰写的报告，一方面为了协助他人，另一方面也是为了自己理清思路。因而，就我们看来，乔荷在撰写这些报告时，处于什卡斯塔的深深影响之下。"

文中一再强调作为个体的生物并不具有存在的价值，在对什卡斯塔星球上所谓有典型特征的人物进行记录时，这种看似客观公正的观点有时到了白描和冷漠的地步，如148至196页，以加小标题的形式对什卡斯塔星球上的8个个体进行了描述。所述8人的冷漠、机械可以说与现代人类相得益彰。例如书中描写的第三个人，是一个工人的领袖人物。他常被称赞支持少数人的观点，安静、极富观察力、反思性而富有批判精神，并认为这就是他的职责所在。同时他极具正义感并为此感到骄傲，也很自豪。然而他也发现这种话语是双刃剑。他发现人们总是随时准备着恭维他的正直和大义凛然。许多好处也随着他的地位、他作为工人代表的头衔而来。然而，他却没有变成自己所说的更好的人。当他是个孩子时，他那样热切地盼望着，又那样固执地进行反抗。而现在他只能常带着责备的心情想着他的孩子们。他已经五十岁，人生的三分之二已经溜走了，而他的孩子们却厌恶他：他们只想着捞自己的好处，他们的享受，他们的财产，他们自个儿的舒服。他却想起自己站在路边卖菜的侄子，历经风霜也不能将他打倒，正如小的时候，自己被别人欺负时，也会不断地站起来。而在听了一整天的会回到家，看到的是整天没必要瞎忙的妻子，她忙个不停，因为她总嘟囔着钱不够用。她不停地赚钱，为了要把房间填满她认为华丽花哨的家具，为了要添置新衣服和窗帘，也为了在冰箱里塞上满满的食物，好够一家子吃。

在这种看似毫不动心的写作中，也有质疑和疑问的时候，那常常也夹带着作者对于人类命运的探寻。如在乔荷执行任务期间，他不止一次提到，我们的殖民地服务可能并不能充分估计当地的困难。星球的长远发展和维持并不需要临近星球的同情。然而，对于这种想法，我们将其视为处于什卡斯塔影响下的强烈情感表达，这种情感当然是要被摒弃的。尽管如此，我们还是备上这份记录，因为可能学生们可以用不同的方法来解读它们。档案记录员附记，乔荷作为帝国的服务者，对于他来说，能够提出什卡斯塔星球可以不依赖老人星而独立生存就已经是很了不起的事，然而对于关注人类命运的作者和读者，仅仅不依附还远远不够，人类如何能够生活得更加美好，为何人类的境地竟会如此，人类又如何摆脱自己加给自己的愚昧和诅咒，开始新的健康的生活？零度写作面对的这个日益科技化、科学化和理性化的世界，仍留有如此多无法解决的现实问题。作者在写作形式和写作主题这两方面提供的解决方案，进行的不懈尝试，这一切正是零度写作敞开心扉，希望读者也共同来参与建设的。由此表达了自己的文学价值观：文学的目的不在于如何表现世界或解释世界，而在于它们对读者理解这个世界的思维方式提出挑战。

在"什卡斯塔的历史：毁灭的战争，20世纪战争：第三次以及最后的阶段"一个大篇章的标题下，整个《什卡斯塔》以两封未得到回复的私人信件作为结束，第一封为乔治·佘班（即乔荷）的爱人苏珊娜在位于安第斯山脉的七号营写给乔治的信。那里气候寒冷，年仅十五岁的凯思姆预备出去找到乔治，苏珊娜问乔治能不能带一些鞋子来给孩子们穿。第二封信由在外的凯思姆寄回在安第斯山脉的营地，他向所有人问好，报告乔治的消息。他还要随队到欧洲去，"我"告诉他，他的任务结束了，他在欧洲的工作结束了。然而，之后"我"才明白，那意味着死亡。文中记述：

我不由得想起我们的祖先，那些像动物一样的人类，他们诅咒，他们摧毁，因为他们无法控制这一切。而这也将对我们起作用。正如我们被微风缓缓地举起，沐浴干净，我们忧伤又污浊的心灵会焕然一新，我们就会安全，得到从未想象过的教益。正是在此时此刻我们会在一起……①

整个行文在沉思中戛然而止，而后用黑体附上：

学生可以参见下列文献：
老人星的简短历史
老人星和天狼星的关系
1.战争。2.和平。
天狼星帝国历史……

作者可谓与读者开了一个零度写作的小玩笑，以档案的形式将未完成的思索呈现在笔端。然而，这种似是而非的答语虽然最为契合解构主义含混大师的精神，却万万不能满足读者的求知欲和作者本身的思辨。

————————————

① Doris Lessing. Shikasta[M]. London: Harper Collins Publishers，1994:447.

也许正因一部作品言不尽意，莱辛在其后又马不停蹄地创作了接下来的三部，《第三、四、五区域间的联姻》（1980）、《天狼星人的实验》（1981）、《第八号行星代表的产生》（1982）等。

在对莱辛科幻小说的精神层面探索中，人们发现其科幻小说的解构主义思想和特质的独特性。在《多丽丝·莱辛作品中的精神探索》一书中，编者菲利斯·派拉齐斯（Phillis Sternberg Perrakis，Spiritual Exploration in the Works of Doris Lessing，1999）指出："莱辛对精神世界的呈现既非古板正统，也不是身体和纯粹心灵相分离的产物，也非定格于过去或现在的正规系统中。"[1]而是将上述相结合的产物。进而，在珍妮特·韦伯的《〈什卡斯塔〉中多萝西·莱辛的寓言性声音：卡桑德拉或西比尔？》（Jeanette Webber，"Doris Lessing's Prophetic Voice in Shikasta: Cassandra or Sybil?"）一文中，作者进一步指出，莱辛在《什卡斯塔》中的声音并不是卡桑德拉（被诅咒的预言者）的声音，而是西比尔（女先知）的声音。因为西比尔可以让人们回过头去重新检查和反视：

由传统观念来看，精神与人们的思想或者是绝对的灵魂相关，而不和肉体或是短暂的时间有干系。然而在莱辛的小说创作中，精神却以这种分别的缺场为突出标志。它不是以思想/灵魂与肉体/物质的对立而存在，相反，它存在于这些对立的接壤处将系统化的二元对立降格到最不相干的边缘。[2]

---

[1] Phyllis Sternberg Perrakis. Spiritual Exploration in the Works of Doris Lessing[M]. West Port，Green Wood Press，1999:84.

[2] Phyllis Sternberg Perrakis. Spiritual Exploration in the Works of Doris Lessing[M]. West Port，Green Wood Press，1999:121.

上述对《什卡斯塔》的精神内涵的解读，与解构主义可谓有异曲同工之处。巴巴拉·琼生认为解构并不是简陋的"或者/或者"结构，设计一整套话语，展示的既不是"或者/或者"，也不是"既/又"，也不是"既不/也不"，但与此同时，又不会完全抛弃这些逻辑规则。在以德里达、罗兰·巴特为代表的解构主义思潮中，解构主义将传统的二元对立分解到游戏的极致，可谓畅快淋漓。历史/现实，此在/彼在，作者/读者等，所有能想到的对立，都能够在谈笑间被分解得灰飞烟灭，犹如一场戏谈。"德里达赋予文字某种哲学本体论的意味，将它设定为以差异为本质特征的虚拟构架"。①正是在这种看似不平衡、摇摇晃晃的文字虚拟构架中，作者找到可以寄寓己思、可以充分表达具有世界声响的声音。在这里，对未来生活的虚构把读者的注意力集中在由于未来语境而变得既熟悉又陌生的故事中。此外，莱辛通过融入与小说同时写就的日记和档案的那些部分，背叛了小说的虚构性。日记和档案记录左右着小说的走向，两种文本的并置颠覆了真实语言和虚构语言、作品和评论之间的划分。可以说《什卡斯塔》和《第八号行星代表的产生》都成为它们自我指称的批评。在某种更确切的意义上说，作品解读自身。莱辛在叙述的同时包含了虚构的报纸与电视广播，所有这些都在来信所创造的用来形容和定义这个虚构世界的语言里，服务于描绘这个世界。对读者来说，其效果是同时生活在莱辛和她自己的两个世界中，通过用纪实的手法来写幻想小说的这种方式，莱辛解构了虚幻与现实之间的界限，虚幻和现实之间的界限变得模糊。不管是小说中的虚构还是档案记录的真实，都从全新的层次上揭示了小说与现实的关系，从而以自己独特的方式提出了人类应该如何认识世界的基本问题。

---

① 陆扬.德里达——解构之维[M].武汉：华中师范大学出版社，1996:24—25.

小结：莱辛作为严肃的文学创作者，几十年如一日，在文学领域中不懈探索创作，并且，她的创作也随着西方20世纪的思想发展不断变化，不仅在创作手法上，更在思想内涵上，不断进行更新和实践，莱辛科幻小说中突出展现的，不是虚无缥缈的外太空世界，而是作者对于人类现状和未来的探问，而其中的解构主义思想及特征，不仅很好地作为小说创作的载体，更与文章要呈现的现代精神和人类生存状态达到水乳交融的境界，带给人们对人类发展和现状的全方位思索。人类如何找到拯救自己的道路，如果在历史的反思，道德的提升，战争与灾难，人与其他生物，人与人之间的相处这种种道路都被画上休止符，打上问号，人类的自我拯救之路究竟何去何从？作者在第一部小说中并未直接给出答案，留给人类一个开放性结尾。互文性、隐喻、零度写作等艺术手法的运用使小说呈现出多义和开放的特征，并模糊了幻想和现实之间的界限，从而生动地表现了作者希望表现的主题，即人类文明的不确定性和无意义。人类只有以共同的记忆，积极热情的生活态度，从对自然的保护、公正有效的公共组织等方面开始改善，才能够获得生存的力量和希望。

结　语

德里达说："没有中心在那里，它并不是一个固定的点，而是一种作用，一种不定点，在其间，一定量的符号替换转入了游戏状态。"①由于不满于西方几千年来贯穿至今的哲学思想，德里达对不容质疑的传统信念发起了挑战。相比起莱辛作品的内容，解构这一过程本身更根本地反映了作家的思维方式和认知方式。我们不难发现莱辛创作中对经典和传统的拷问为人们提供了一种新的思路，启发人们对所处的世界进行反思，让人们深入地认识到自己的生存处境。

正因为如此，本书在继承前人成果的基础上，从解构这一角度入手展开对莱辛小说的探讨。通过对其作品主题、思想内容和文本层面的研究，考察作家如何体现作家对现代社会的怀疑精神，以及如何给迷路的现代人指引方向，力求从一个新的角度最大可能地接近作者及其文本，全面、系统地发掘出莱辛小说的艺术成就。

对莱辛小说中解构思想的研究主要涉及三个大的方面，即对人的解构、对人创造的权力关系的解构和对文本的解构。随着文明的快速发展，人类越来越迷失在精神的荒原。通过对莱辛作品的整体观照，我们可以看出，对人类生活境况危机的反省和担忧一直是她关注的重点：

① 德里达. 论延异，转引自余碧平.现代性的意义与局限[M].上海：上海三联书店，2000:62.

无论是殖民地的边缘人群，还是女性在传统男性视角下的"边缘人"角色；她还进一步把视角转向人的精神世界，对人与上帝的关系进行了解构与重建，赞扬人类爱的力量；并由尊重人与人的差异延伸到人与猫甚至人与自然万物间的彼此尊重，探寻对人类危机的解决之道。基于作品中一直表现出深刻的人道主义精神，首先从小说对"人"的关注分析作者如何打破"欧洲中心论""人类中心论"等一系列二元对立的"中心"思想，如何为处于边缘地位的有色人种、女性和边缘人群呼吁和争取话语权力，以包容的态度看待这个多元的社会。其中她对男女传统关系的解构不是为了纯粹追求建构女性话语从而走向另一种极端，实现新的二元对立，而是希望通过女性的自觉，实现两性在精神与社会生活中彼此依赖、相互融合、达到"双性同体"的理想状态。莱辛也致力于赞成他者的差异性，着力体现以多元化为特征的文化对差异性的尊重。通过接受那些不可知的事物，学会接受和尊重他者中不被传统价值认同的元素。作为现代性的一个独特方面，差异性是建立在对价值多样化的接受的基础上的。可见，差异并不否定社会性和道德性，而是为生活方式和社会变革提供了一个新的、更加和谐的空间。同时莱辛将视角转入人类的整体与个体的生存状况，完成了宏观人类生存整体层面到微观家庭单位层面的对规则现状的呈现到质疑再到解构的完整过程。即使是其创作的幻想小说和科幻类小说，"从文本上对人类后现代状况做了寓言式的符码解读"①。当今世界的现代人面临着种种困境，通过探索莱辛的作品，可以解读出作者对现代社会的忧虑和否定，进而加深读者对现代性和现代社会的理解。莱辛运用热情和想象，创造出一个又一个引人深思的角色，建构了一个个被"解构"的破碎的世界。这种行为本身是

---

① 王丽丽. 寓言和符号：莱辛对人类后现代状况的诠释[J]. 当代外国文学，2008（1）:139.

作者对传统的挑战，以对抗和颠覆的方式做出了改变世界的总体性的尝试。

　　对人与人权力关系的探讨是莱辛对"人"之反思的延续。根据福柯的思想："在男人和女人之间，在家庭的成员之间，在老师和学生之间，在有知识和无知识的人之间，存在着各种权力关系。"①莱辛通过家庭中权力循环往复被消解的过程，以讽刺的方式表达出权力本是由人创造出的，但是权力反过来也对人类与生俱来的原始和生机勃勃的力量进行遏制和消灭，造成了人性的异化和扭曲。莱辛通过对家庭中不断消解的权力的描写使得所有的基本价值模式都遭到了质疑——对所有价值的重新评价，它使我们远离了建构一种道德共识和美好社会的可能性。同时莱辛用家庭中权力关系的"不在场"对权力关系本身进行了解构和质疑。在莱辛的小说中，有一种深入社会和知识制度中的反抗精神，这种反抗也是对各种使人异化和扭曲的权力的反抗，引领人打破自身的枷锁，寻求真正的自我。

　　在把视角转向文本内部时，通过分析莱辛科幻小说中的互文性、隐喻、零度写作等艺术手法，发现这些手法使小说呈现出多义和开放的特征，并以此模糊了幻想和现实之间的界限。这些手法揭示出文本的零散和重复，再一次消解了"中心"与"边缘"的界限，用宏大叙事的坍塌证明了文本意义的虚假性，并开启了文本的多元含义，从而生动地表现了作者希望表现的主题，即人类文明的不确定性和无意义。然而莱辛并不是极端地一味解构、叛逆，让一切陷入虚无。事实上"解构"只是作家运用的一种策略，她的意图在于引起人们的关注，对既有价值、秩序

---

① Michel Foucault. Foucault live：（interviews，1966—1984）[M]. Ed by Sylvere Lotringer. Trans. Lysa Hochroth and John Johnston. New York：Semiotext（e），1996:441.

和权威的质疑和深刻反思。"这些都是生产性的，而绝非对理论本身的摧残。"①这种策略使得传统的逻各斯中心和传统价值与权威得以安身的基础被根本动摇，使其崩溃，从而在这些废墟上为新思想的诞生提供一种可能。这样才能帮助现代人克服社会问题，阻止人的堕落和道德的沦丧。

　　莱辛小说的思想艺术博大精深，笔者试图在这些方面做出一些努力和创新：一是对莱辛小说的艺术特点进行了概括和总结，对她的作品进行细致的考察；二是在作家、文本、社会、读者的多维关系中理解莱辛小说中的解构思想及其发展的动因，避免形式主义的生搬硬套；三是在广泛地研究莱辛的作品、贴近文本的同时，尽量使研究体系化、系统化，避免就事论事；四是注意吸收莱辛小说研究的新成果，兼顾与文本相关的理论方法，尽量使本书的研究既体现出文本分析的深入，也有开阔的理论视野。

---

① 刘象愚，杨恒达，曾艳兵，主编.从现代主义到后现代主义[M].北京：高等教育出版社，2002:289.

参考文献

中文部分

一、多丽丝·莱辛部分中文译著

[1][英]多丽丝·莱辛.野草在歌唱[M].一蕾,译.南京:译林出版社,1999.

[2][英]多丽丝·莱辛.金色笔记[M].陈才宇,刘新民,译.南京:译林出版社,2000.

[3][英]多丽丝·莱辛.简·萨默斯的日记[M].北京:外语教学与研究出版社,2000.

[4][英]多丽丝·莱辛.浮世畸零人[M].朱恩伶,译.台北:天培文化出版社,2001.

[5][英]多丽丝·莱辛.另外那个女人[M].傅惟慈,等,译.杭州:浙江文艺出版社,2003.

[6][英]多丽丝·莱辛.特别的猫[M].彭倩雯,译.台北:时报文化出版公司,2006.

[7][英]多丽丝·莱辛.第五个孩子[M].何颖怡,译.台北:天培文化出版社,2006.

[8][英]多丽丝·莱辛.玛拉和丹恩历险记[M].苗争芝,陈颖,译.南京:译林出版社,2007.

[9][英]多丽丝·莱辛.影中漫步[M].朱凤余等，译.西安：陕西师范大学出版社，2008.

[10][英]多丽丝·莱辛.三四五区间的联姻[M].俞婷，译.南京：南京大学出版社，2008.

[11][英]多丽丝·莱辛.抟日记[M].范浩，译.南京：南京大学出版社，2008.

[12][英]多丽丝·莱辛.裂缝[M].朱丽田，吴兰香，译.南京：南京大学出版社，2009.

[13][英]多丽丝·莱辛.非洲的笑声[M].叶肖，等，译.南京：南京大学出版社，2009.

[14][英]多丽丝·莱辛.风暴的余波[M].仲召明，译.南京：南京大学出版社，2008.

[15][英]多丽丝·莱辛.我的父亲母亲[M].匡咏梅，译.海口：南海出版公司，2013.

[16][英]多丽丝·莱辛.天黑前的夏天[M].邱益鸿，译.南京：译林出版社，2016.

[17][英]多丽丝·莱辛.简.萨默斯日记1：好邻居日记[M].陈星，译.南京：译林出版社，2016.

[18][英]多丽丝·莱辛.简.萨默斯日记2：岁月无情[M].赖小婵，译.南京：译林出版社，2016.

[19][英]多丽丝·莱辛.画地为牢[M].田典，译.南京：南京大学出版社，2019.

[20][英]多丽丝·莱辛.对杰克·奥克尼的考验[M].裘因，译.北京：人民文学出版社，2019.

[21][英]多丽丝·莱辛.到十九号房间去[M].杨振同，译.北京：人民文学

出版社，2020.

[22][英]多丽丝·莱辛.幸存者回忆录[M].朱子仪，译.北京：中国社会科学出版社，2021.

二、相关研究专著

[1][美]爱德华·W·萨义德.东方学[M].王宇根，译.北京：生活·读书·新知三联书店，1999.

[2][美]丹尼尔·贝尔.资本主义文化矛盾[M].赵一凡，蒲隆，任晓晋，译.北京：生活·读书·新知三联书店，1989.

[3]陈璟霞.多丽丝·莱辛的殖民模糊性——对莱辛作品中的殖民比喻的研究[M].北京：中国人民大学出版社，2007.

[4]程锡麟，王晓路.当代美国小说理论[M].北京：外语教学与研究出版社，2001.

[5][英]丹尼·卡瓦拉罗.文化理论关键词[M].张卫东，张生，赵顺宏，译.南京：江苏人民出版社，2006.

[6][法]雅克·德里达.解构与思想的未来[M].夏可君，译.长春：吉林人民出版社，2006.

[7][法]德里达."故我在"的动物//汪民安，主编.生产：第三辑[M]. 史安斌，译.桂林：广西师范大学出版社，2006.

[8][法]雅克·德里达.文学行动[M].赵兴国，等，译.北京：中国社会科学出版社，2000.

[9]方汉文. 后现代主义文化心理：拉康研究[M].上海：上海三联书店，2000.

[10][英]弗吉尼亚·伍尔夫.论小说与小说家[M]. 瞿世镜，译.上海：上海

译文出版社，2000.

[11][美]富勒.十九世纪的妇女，转引自约瑟芬·多诺万. 女权主义的知识分子传统[M]. 赵育春，译. 南京：江苏人民出版社，2003.

[12][英]迈克·费瑟斯通. 消费文化与后现代主义[M]. 刘精明，译. 南京：译林出版社，2000.

[13][美]大卫·戈伊科奇，约翰·卢克，蒂姆·马迪根.人道主义问题[M]. 杜丽燕，等，译.北京：东方出版社，1997.

[14][英]艾尔弗雷德·哈登.人类学史[M]. 廖泗友，译.济南：山东人民出版社，1988.

[15][德]海德格尔.荷尔德林诗的阐释[M]. 孙周兴，译.北京：商务印书馆，2000.

[16][德]黑格尔.精神现象学：下卷[M]. 贺麟，王玖兴，译. 北京：商务印书馆，1979.

[17]黄宏煦，主编.英国浪漫主义诗人抒情诗选[M].袁可嘉，译. 南京：江苏人民出版社，1988.

[18][美]约翰·霍根.科学的终结[M].孙拥军，等，译.呼和浩特：远方出版社，1997.

[19][美]J.希利斯·米勒.重申解构主义[M]. 郭英剑，等，译. 北京：中国社会科学出版社，2000.

[20]蒋承勇，等.英国小说发展史[M].杭州：浙江大学出版社，2006.

[21]瞿世镜，主编.当代英国小说[M].北京：外语教学与研究出版社，1998.

[22][英]迈克·克朗. 文化地理学[M].杨淑华，宋慧敏，译.南京：南京大学出版社，2005.

[23]李维平.英美文学研究丛论：第八辑[M].上海：上海外语教育出版

社，2008.

[24]陆扬.德里达——解构之维[M].武汉：华中师范大学出版社，1996.

[25]陆扬.后现代性的文本阐释：福柯与德里达[M].上海：上海三联书店，2000.

[26]陆扬，王毅.文化研究导论[M].上海：复旦大学出版社，2006.

[27]罗纲，刘象愚，主编.后殖民主义文化理论[M].北京：中国社会科学出版社，1999.

[28][英]迈克·费瑟斯通.消解文化——全球化、后现代主义与认同[M].杨渝东，译.北京：北京大学出版社，2009.

[29][英]迈克·克朗.文化地理学[M].杨淑华，宋慧敏，译.南京：南京大学出版社，2005.

[30][美]佩吉·麦克拉肯，主编.女权主义理论读本[M].桂林：广西师范大学出版社，2007.

[31]孟庆枢，主编.西方文论[M].北京：高等教育出版社，2002.

[32][法]米歇尔·福柯.必须保卫社会[M].钱翰，译.上海：上海人民出版社，1999.

[33][法]米歇尔·福柯.规训与惩罚：监狱的诞生[M].刘北成，杨远婴，译.北京：生活·读书·新知三联书店，1999.

[34][法]米歇尔·福柯.疯癫与文明[M].刘北成，杨远婴，译.北京：生活·读书·新知三联书店，1999.

[35][法]米歇尔·福柯.权力的眼睛[M].严锋，译.上海：上海人民出版社，P166 [61] 1997.

[36]苗力田，主编，亚里士多德全集：第九卷[M].北京：中国人民大学出版社，1994.

[37][法]莫罗阿.人生五大问题[M].傅雷，译.北京：生活·读书·新知三

联书店，1987.

[38][美]尼尔·波兹曼.童年的消逝[M].吴燕莛，译.桂林：广西师范大学出版社，2004.

[39][英]齐格蒙特·鲍曼.废弃的生命[M].谷蕾，胡欣，译.南京：江苏人民出版社，2006.

[40][英]Sue Roe & Susan Sellers，编.剑桥文学指南——弗吉尼亚·伍尔夫[M].上海：上海外语教育出版社，2000.

[41][以]S. N.艾森斯塔特.反思现代性[M].旷新年，王爱松，译.北京：生活·读书·新知三联书店，2006.

[42]束定芳.隐喻学研究[M].上海：上海外语教育出版社，2000.

[43]孙邵先.女性主义文学[M].沈阳：辽宁大学出版社，1987.

[44][英]阿·汤因比. [日]池田大作，展望二十一世纪对话录——汤因比与池田大作[M]荀春生，朱继征，陈国梁，译. 北京：国际文化出版公司，1985.

[45]陶东风.文化研究：西方与中国[M].北京：北京师范大学出版社，2002.

[46][英]特里·伊格尔顿.后现代主义的幻象[M].华明，译.北京：商务印书馆，2002.

[47]王丽丽.多丽丝·莱辛的艺术和哲学思想研究[M].北京：社会科学文献出版社，2007.

[48]汪民安，陈永国，张云鹏，主编.现代性基本读本[M].郑州：河南大学出版社，2005.

[49]汪民安.身体、空间与后现代性[M].南京：江苏人民出版社，2006.

[50][英]多丽丝·莱辛.简·萨默斯的日记[M]. 王宁，译. 北京：外语教学与研究出版社，2000.

[51]王诺.欧美生态文学[M].北京：北京大学出版社，2003.

[52]王希杰.汉语修辞学[M].北京：北京出版社，1983.

[53]王晓路，等.文化批评关键词研究[M].北京：北京大学出版社，2007.

[54]王岳川，主编.后殖民主义与新历史主义文论[M].济南：山东教育出版社，1999.

[55]王治河，主编.后现代主义辞典[M].北京：中央编译出版社，2004.

[56][美]勒内·韦勒克，奥斯丁·沃伦.文学理论[M].刘象愚，邢培明，陈圣生，李哲明，译.南京:江苏教育出版社，2005.

[57][奥]维特根什坦.名理论[M].张申府，译.北京：北京大学出版社，1988.

[58][德]西美尔.现代人与宗教[M].曹卫东，等，译.北京：中国人民大学出版社，2003.

[59][美]小约翰·B.科布.后现代公共政策——重塑宗教、文化、性、阶级、种族、政治和经济[M].李际，张晨，译.北京：社会科学文献出版社，2003.

[60]肖庆华.都市空间与文学空间——多丽丝·莱辛小说研究[M].成都：四川辞书出版社：2008.

[61]包亚明，主编.权力的眼睛——福柯访谈录[M].严锋，译.上海：上海人民出版社，1997.

[62]多丽丝·莱辛.玛拉和丹恩历险记[M].苗争芝，陈颖，译.南京：译林出版社，2007.

[63]叶维廉.旁通密响.文意的派生与交相引发[M].北京：北京大学出版社，1987.

[64]叶舒宪.文学与人类学[M].北京：社会科学文献出版社，2003.

[65][德]伊瑟尔.阅读活动——审美反应理论[M].霍桂桓等，译.北京：中

国人民大学出版社，1988.

[66]余虹.艺术与归家——尼采·海德格尔·福柯[M].北京：中国人民大学出版社，2005.

[67]余谋昌.生态哲学[M].西安：陕西人民教育出版社，2000.

[68][美]约瑟夫·劳斯.知识与权力——走向科学的政治哲学[M].盛晓明，邱慧，孟强，译.北京：北京大学出版社，2004.

[69]张和龙.战后英国小说[M].上海：上海人民出版社，2007.

[70]张首映.西方二十世纪文论史[M].北京：北京大学出版社，1999.

[71]张中载.当代英国文学论文集[M].北京：外语教学与研究出版社，1996.

[72]朱刚.二十世纪西方文艺批评理论[M].上海：上海外语教育出版社，2001.

[73]朱立元，主编.当代西方文艺理论[M].上海：华东师范大学出版社，2005.

三、相关研究论文

学位论文：

[1]刘组宇. 桃乐丝·雷辛和娜汀·葛蒂玛小说中的反种族隔离论述[D].台北：中国文化大学西洋文学研究所，1985.

[2]郭雅文."颠覆与自我之藩篱：论朵丽丝·雷辛《下地狱之简报》中精神分裂的意义"[D].台中：中兴大学外国语言文学系，1987.

[3]傅丽.令人窒息的精神荒原——论《青草在歌唱》[D]. 成都：四川师范大学，2001.

[4]韩小敏.困惑与探索中的现代知识女性——莱辛《金色笔记》中自由

女性形象[D]. 济南：山东师范大学，2001.

[5]白艾贤.《金色笔记》现代性[D].太原：山西大学，2003.

[6]童小兰.多丽丝·莱辛的《到19号房》中的叙事[D]. 福州：福建师范大学，2004.

期刊论文：

[1]陈炳辉.福柯的权力观[J].厦门大学学报（哲学社会科学版），2002（4）.

[2]陈才宇.形式也是内容：《金色笔记》释读[J].外国文学评论，1999（4）.

[3]陈才宇.一封信：解码金色笔记的一把钥匙[J].外国文学评论，2004（4）.

[4]褚孝泉.穿越拉康的魔镜[J].国外社会科学，1998（6）.

[5]海仑，老作家莱辛出版长篇新著[J].外国文学动态，2005（5）.

[6]姜红.有意味的形式——莱辛的《金色笔记》中的认识主题与形式分析[J].外国文学，2003（4）.

[7]雷艳妮.英国20世纪的殖民和后殖民小说：一个宗主国视角[J].外国文学研究，2003（4）.

[8]李福祥.多丽丝·莱辛笔下的政治与妇女主题[J].外国文学评论，1993（4）.

[9]李福祥.试论多丽丝·莱辛的"太空小说"[J].成都师范高等专科学校学报，1998（2）.

[10]钟清兰，李福祥.从动情写实到理性陈述——论D·莱辛文学创作的发展阶段及其基本特征[J].成都师范高等专科学校学报，1994（1）.

[11]李晋.发展中的女性自我建构：凯特·肖邦的《觉醒》与陶丽丝·莱辛的《黑暗来临前的夏季》[J].天津外国语学院学报，2006（3）.

[12]李晋.首届多丽丝·莱辛国际会议纪要[J].外国文学动态，2005（1）.

[13]刘冰，黄波.论多丽斯·莱辛小说中的现代女性意识[J].淮南师范学院学报，2005（2）.

[14]刘晓文.宗教意识·道德情结·圣经方式——英美女性文学再认识[J].国外文学，2002（2）.

[15]罗世平.战后英国小说：后殖民实验主义[J].外国文学研究，2005（1）.

[16]马海良.多丽斯·莱辛小说中的基本主题[J].山西师范大学报，2002年增刊.

[17]王晓路，潘纯琳，肖庆华，蒋欣欣.作为一个文学事件的诺贝尔文学奖四人谈[J].西南民族大学学报（人文社科版），2008（3）

[18]舒程.英国文坛的常青树多丽丝·莱辛[J].世界文化，2004（4）.

[19]苏忱.多丽丝·莱辛的女性观点新探[J].江淮论坛，2005（5）.

[20]王峰.弗吉尼亚·伍尔夫和多丽丝·莱辛的相似处[J].福建外语，2001（8）.

[21]王家湘.多丽丝·莱辛[J].外国文学，1987（5）.

[22]王丽丽.追寻传统母亲的记忆：伍尔夫和莱辛比较研究[J].外国文学，2008（1）.

[23]夏琼.On the Narrative Art in the French Lieutenant's Wo[J].浙江教育学院学报，2001（1）.

[24]向丽华.多丽丝·莱辛研究在中国[J].邵阳学院学报（社会科学版），2006（6）.

[25]向丽华.试论多丽丝·莱辛创作中女性形象的基本特征[J].湖北社会科

学，2006（11）.

[26]肖庆华.迷失在荒原中的自我[J].漳州师范学院报，2005年增刊.

[27]严志军.《马拉和丹恩》的解构之旅[J].外国文学研究，2002（2）.

[28]杨靖.八十回顾人生之旅：多丽斯·莱辛访谈录[J].外国文学动态，
1999（5）.

[29]苑国华.论"实利婚姻"——以韦斯特马克的《人类婚姻史》为例[J].
长春工业大学学报（社会科学版），2006（3）.

[30]张之沧.从知识权力到权力知识[J].学术研究，2005（12）.

英文部分

Books by Doris Lessing:

[1] Doris Lessing. Ben，in the world[M]. London: Harper Collins Publishers，2000.

[2] Doris Lessing. Love，Again[M]. London: Harper Collins Publishers，1995.

[3] Doris Lessing. Mara and Dann[M]. London: Harper Collins Publishers，1999.

[4] Doris Lessing. Shikasta[M]. London: Harper Collins Publishers，1994.

[5] Doris Lessing. The Diaries of Jane Somers[M]. 北京：外语教学与研究出版社，2000.

[6] Doris Lessing. The Golden Notebook[M]. New York: Vintage Books，1989.

[7] Doris Lessing. The Good Terrorist[M]. New York: Alfred A. Knopf，1985.

[8] Doris Lessing. The Making of Representative for Planet 8[M]. New York: Vintage Books，1983.

[9] Doris Lessing. Under My Skin: Volume I[M]. New York: Harper Collins，1994.

[10] Doris Lessing. Walking in the Shade: Volume II[M]. New York: Harper Perennial，1989.

Works & Thesis on Doris Lessing:

[1] Bloom，Harold，ed. Doris Lessing[M]. New York: Chelsea House Publishers，1986.

[2] Christ Carol P. Diving Deep and Surfacing: Women Writers on Spiritual Quest[M]. Boston: Beacon, 1980.

[3] Doris lessing, A small personal voice[M]. ed and introduced by Paul Schlueter, NewYork :Vintage, 1975.

[4] Ezergailis, Inta. Women Writers: The Divided Self: Analysis of Novels by Christa Wolf, Ingeborg Bachmann, Doris Lessing and Others[M]. Bonn: Bouvier, 1982.

[5] Hayles, N. Katherine. Chaos Bound: Orderly Disorder in Contemporary Literature and Science[M]. Ithaca: Cornell University Press, 1990.

[6] Hite, Molly. The Other Side of the Story: Structures and Strategies of Contemporary Feminist Narratives[M]. Ithaca: Cornell University Press, 1989.

[7] Ingersoll, Earl G. ed. Doris Lessing: Conversations[M]. Princeton, NJ: Ontario Rev. , 1994.

[8] Gardiner, Judith Kegan. Rhys, Stead, Lessing, and the Politics of Empathy[M]. Bloomington: Indiana University Press, 1989.

[9] Greene, Gayle. Doris Lessing: The Poetics of Change[M]. Ann Arbor, MI: University of Michigan Press, 1994.

[10] Jacques Derrida, "Speech and phenomena: And Other Essays on Husserl's Theory of Signs" in Julian Wolfreys13. Julian Wolfreys Critical Keywords in Literary and Cultural Theory NewYork: Palgrave Macmillan 2004. Critical Keywords in Literary and Cultural Theory. NewYork: Palgrave Macmillan 2004.

[11] Jeremy Hawthorn. A Glossory of Comtemprary Literary Theory[M]. New York, Melbourne:Routledge, Chapman and Hall, 1994.

[12] Jonathan Culler. On Deconstruction: Theory and Criticism after

Structuralism[M]. Beijing: Foreign Language Teaching and Research Press and Cornell University Press, 2004.

[13] Kaplan, Carey and Ellen Cronan Rose, ed. Doris Lessing: The Alchemy of Survival[M]. Athens: Ohio University Press, 1988.

[14] Klein, Carole. Doris Lessing: A Biography[M]. New York, NY: Carroll& Graf, 2000.

[15] Kobena Meter. Welcome to the Jungle: New Positions in Black Cultural Studies[M]. London: Routledge, 1994.

[16] Max Weber. Essays in Sociology[M]. Trans. and ed. By H. H. Gerth and C. WrightMills. New York: Oxford University Press, 1946.

[17] Julian Wolfreys, Critical Keywords in Literary and Cultural Theory, Houndmills: Palgrave Macmillan, 2004.

[18] Michel Foucault. Foucault live (interviews, 1966-1984) [M]. Ed by Sylvere Lotringer. Trans. Lysa Hochroth and John Johnston. New York: Semiotext (e), 1996.

[19] Michel Foucault. Power/Knowledge: Selected Interviews and Other Writings[M].Ed. Colin Gordon. Trans. Colin Gordon. London: Pearson Education Limited, 1980.

[20] Contemporary Authors[M]. Michigan. Gale Research Company, 1988.

[21] Fishburn, Katherine. The Unexpected Universe of Doris Lessing[M]. Connecticut: Green Press, 1985.

[22] Peel, Ellen. Politics, Persuasion, and Pragmatism: A Rhetoric of Feminist Utopian Fiction[M]. Columbus, OH: Ohio State University Press, 2002.

[23] Pickering, Jean. Doris Lessing[M]. South Carolina: the University of South Carolina Press, 1990.

[24] Rigney, Barbara Hill. Madness and Sexual Politics in the Feminist Novel: Studies in Bronte, Woolf, Lessing, and Atwood[M]. Madison: University of Wisconsin Press, 1978.

[25] Roberts, Robin. A New Species: Gender and Science in Science Fiction[M]. Urbana: University of Illinois Press, 1993.

[26] Rose, Ellen Cronan. The Tree outside the Window: Doris Lessing's Children of Violence[M]. Hanover, NH: UP of New England, 1976.

[27] Rubenstein, Roberta. The novelistic vision of Doris Lessing: The Breaking the Forms of Consciousness[M]. Chicago: University of Illinois Press, 1979.

[28] Ruth Whittaker. Modern Novelist Doris Lessing[M]. New York: St. Martin's Press, 1988.

[29] Sage, Lorna. Doris Lessing[M]. London: Methuen, 1983.

[30] Sprague, Claire and Virginia Tiger, ed. Critical Essays on Doris Lessing[M]. Boston: Hall, 1986.

[31] Spiegel, Rotraut. Doris Lessing: The Problem of Alienation and the Form of the Novel[M]. Frankfort: P. Lang, 1980.

[32] Taylor, Jenny ed. Notebooks/Memoirs/Archives: Reading and Rereading Doris Lessing[M]. Boston: Routledge, 1982.

[33] Todd Vogel. Rewriting White: Race, Class, and Cultural Capital in Nineteenth-century America[M]. Piscataway: Rutgers University Press, 2004.

[34] Yelin, Louise. From the Margins of Empire: Christina Stead, Doris Lessing, Nadine Gordimer[M]. Ithaca, NY: Cornell University Press, 1998.

[35] Cederstrom, Lorelei. Fine-Tuning the Feminine Psyche: Jungian Patterns in the Novels of Doris Lessing[M]. New York: Peter Lang, 1990.

[36] Danziger, Marie A. Text/Countertext: Postmodern Paranoia in Samuel Beckett, Doris Lessing, and Philip Roth[M]. New York, NY: Peter Lang, 1996.

[37] Alcorn, Noeline E. Vision and Nightmare: A Study of Doris Lessing's Novels[D]. Ph. D. diss., 1971.

[38] Filippidis, Barbara Bell. Creative and Destructive Uses of the Imagination in Doris Lessing[D]. Ph. D. diss., 1985.

[39] Sims, Susan K Swan. Repetition and Evolution: An Examination of Themes and Structures in the Novels of Doris Lessing[D]. Ph. D. diss., 1979.

[40] Halliday, Patricia A. Y. The Pursuit of Wholeness in the Work of Doris Lessing: Dualities, Multiplicities, and the Resolution of Patterns in Illumination[D]. Ph. D. diss., 1973.

[41] Walter, Donna Joanne. Twentieth-Century Woman in the Early Novels of Doris Lessing[D]. Ph. D. diss., 1978.

[42] Yourke, Laurel Ann. From tradition beyond Androgyny: Character Models in Kesey, Barth, and Lessing[D]. Ph. D. diss., 1979.

[43] Benjamin Hrushovski · Poetic Metaphor and Frame of Reference [J]. in Poetics Today, 1984（5）.

[44] Cox Mitch. Engendering Critical Literacy through Science Fiction and Fantasy [J].The English Journal, 1990:3

[45] Duplessis, Rachel Blau. The Feminist Apologues of Lessing, Piercy and Russ[J]. Frontiers, 1979.

[46] Ebert Teresa L. The Convergence of Postmodern Innovative Fiction and Science Fiction: An Encounter with Samuel R. Delany's Technotopia. Poetics Today 1. 4, Narratology II: The Fictional Text and the Reader（Summer,

1980）.

[47] Eric Reitan. Pragmatism, Environmental World Views, and Sustainability[J]. Green Journal, Special, 1998.

[48] Friedow Kyle W. Spiritual Exploration in the Works of Doris Lessing. [J]. Extrapolation 43. 1 （2002）.

[49] Michigan. Contemporary Literary Criticism[J]. Gale Research Company, 1988:22.

[50] Wolk, Anthony. Challenge the Boundaries: An Overview of Science Fiction and Fantasy[J]. The English Journal 79. 3 （Mar. 1990）.

后 记

当我们看到娇艳的花朵时，总是被它的美丽和馨香吸引，却没有想到在黑暗的地下，与泥土和蚯蚓为伴的种子，正在奋力吸收营养，冲破土壤的束缚，不断向上，直指苍穹。

人一生中往往要做一些重要选择，我想我是开窍比较晚的那一个。研一的某一个下午，我突然灵光一现，莫名觉得人生短暂，突然对生命、对这个世界充满了疑惑和恐慌，突然意识到自己以前的无知和麻木，立志要好好利用时间，寻找答案，不枉此生。在十六年前选择读博时，我满怀一腔热情，却没有料到这条路会如此坎坷。"写书是一种艰辛的苦力"（多丽丝·莱辛），做学术研究也是如此。曾经我也因时间过于漫长而痛苦，面对自己怎么也读不懂的书和写不出来的论文，产生深深的挫败感。面对各种困难和迷茫，我也痛哭过，气馁过。毕业时我已三十岁，一方面感觉如释重负，终于在学业上对自己和家人有了一个交代，另一方面忽然发现自己在很多人生大事的体验上比起同龄人已晚了许多。昔日的玩伴和好友要么有了一官半职，走向人生巅峰；要么结婚生子，成为美丽的辣妈。我获得了什么呢？我想不是那几年我读了多少书，也不是写了多少论文，而是改变了看问题的角度和对人生态度，也许这就是所谓的"无目的的合目的性"。

其实我一直有出版博士论文的打算，但是因为懒惰，而且二十几岁时的我对于文学、对于哲思、对于人生并没有什么感悟，可以说是为了写论文而写论文，思想和笔调都让自己不忍直视。因此总是有诸多不满，觉得每一句话都有修改和提升的空间。而今步入不惑之年，从一个"中年女性"的角度重读莱辛的作品，又有了很多新的想法和体验。如果还有重来一次的机会，再一次踏踏实实地花几年时间重新探究和思考这个主题，一定会弥补我的很多遗憾。

感谢我的博士生导师杨恒达教授。老师学识渊博，对专业孜孜以求，精益求精。我记得有一次问起杨老师的愿望是什么，老师的回答是"著作等身"，让我领略了真正的学术精神。从毕业论文选题、开题到初稿完成，老师付出了很多心血，给予我指导。论文成稿又承蒙老师多次斧正，有机会打破了时间与空间的界限，与远在英国的老奶奶多丽丝·莱辛产生了很多精神上的自由交流，心灵的对话与碰撞，懂得了什么是知识的传递和情感的升华。

感谢我的硕士生导师程革教授，从学术之路到为人处世之道，老师严谨的治学精神和温暖的勉励给了我前进的动力，值得我一辈子去学习。

感谢我的同门师哥师姐，特别是张晓毓师姐和马婷师姐，在我撰写博士论文期间给了我很多宝贵的建议和无私的帮助。感谢我的好朋友、好姐姐杜佳，熄灯后的宿舍里，我们无话不谈，那是我最快乐最温馨的回忆。

感谢这本书的出版。后记是我的自留地，让我有机会把不好意思说出来的煽情感恩、羞于开口的情感，用文字表达出来。本来想把对父母的感谢大书特书一番，写起来才发现，千言万语也无法表达自己激动和复杂的心情。是你们的勤劳正直和善良给了我最初的价值观教育，你们的乐观与豁达让我学会了随遇而安。你们给了我生活的保障，让我安心求学，享受生活。感谢你们多年来对我呵护备至，让我健康成长，养成我真诚善良的品性。对于你们付出的心血和无私的奉献，我无以为报。本书的出版也算是给你们一点小小的安慰吧。平时的我不善言辞，在这里我想说一句：爸爸妈妈，你们辛苦了！谢谢你们！如果有来生，希望我还能做你们的女儿。

感激一直支持我的爱人，刘星辰。你的爱和关怀，支持与陪伴，是我最坚强的后盾，让我倍感踏实和幸福。

愿每个人都能找到那颗指引他前行的种子，愿每一颗小小的种子都能冲破泥土的重压，不求开天辟地一样轰然作响，只为顶起自己的一片天。

朱海棠

2022年10月于北京